抗がん剤を使わなかった夫

～すい臓がんと歩んだ最期の日記～

倉田真由美

古書みつけ

はじめに

「このまま何もしなければ、早ければ半年、もって1年」

夫にすい臓がんが判明したとき、余命を宣告されました。がんのことなど何も知識がなかった夫と私は、すぐにセカンドオピニオン、サードオピニオン、いろんな医師の話を聞きに行き、情報を集めました。

そして夫は早いうちに、「治療はしない。抗がん剤もやらないし、手術も目指さない」と決めました。ほとんど迷うことはなく、ある日あっさり決めたという感じです。

「思い残すことは何もない。いつ死んでもいい」

夫は言いました。言葉に嘘がないのは、私にはよくわかりました。そして、やけっぱちになっているわけではないことも。決めてしまってからは、夫は本当に病気のことを忘れたように暮らしていました。私は夫の選択を受け入れながらもあきらめきれない気持ちもあり、がんという病気、闘病する人たちについて情報を集めました。

でも、調べるうちに壁に突き当たりました。

――標準治療をしない人についての話が、ほとんどない――

がんの闘病記といえば、文字通りがんと闘う、抗がん剤を入れ外科手術をする人の話ばかり。たまにあっても、「絶食」や「〇〇療法」といった極端なことをして生活をガラリと変えた人の体験記です。

夫のように以前と変わらない生活をしながらがんと闘わない、抗がん剤を使わない人がどういう経緯を辿るのかが全然わかりませんでした。


この本を書こうと思った動機のひとつは、それです。

情報がない、そのために選択のひとつとして認識されない、されにくいこと。

私にできるのは、発覚から一度も抗がん剤を使わなかった夫の生活を「一例」として知ってもらうことです。

夫は最期まで、自分の選択を後悔しませんでした。

本当に、一度も。
自由気ままに生きた夫、その生き様を真横で見てきた妻の私が綴りました。

目次

序
Prologue

２０２２年、５月上旬。

ゴールデンウィークが終わったころ、夫が「お腹が痛い」と言い出しました。最初は夫も私も食べ過ぎかな、くらいにしか思っていませんでした。でもその後も腹痛と軽い下痢が続き、さらに肌の色が徐々に黄色くなってきました。

「肌がおかしいよ、なんだか黄色い」

指摘しましたが、夫は「日焼けだろ」と意に介しません。そのまま数日が過ぎ、仕事仲間にも気づかれるほど黄色さは増していきました。

「今日久しぶりに会った知り合いに、『真っ黄色だよ。病院行ったほうがいいよ』って言われた」

腹痛が始まって10日ほど経ったころ、会社から帰宅した夫が笑いながら言いました。

「笑いごとじゃないよ、行きなよ。白目の部分も黄色いし」

私は夫を促しました。「黄疸かもしれないよ。すぐに病院行ってよ」

夫はやっと重い腰を上げ、仕事場に近い総合病院、A病院を受診しました。

診断結果は「胃炎」。

「黄疸じゃないんですか?」

夫が尋ねると、

「黄疸だったら死んでいるような色だから。元気なようだし、黄疸ではありません」

医師はレントゲン検査だけをし、「特段問題はない」と胃炎の薬が処方されました。

夫は「胃炎だったよ、気にしなくて大丈夫」と平気な様子でしたが、私の心配は払拭されませんでした。案の定数日経っても下痢は続き、肌の色は黄色いまま。そのうち夫は、背中などを痒がるようになってきました。

「黄疸」を調べると、肌が黄色くなるほかに白目が黄色くなる、皮膚に痒みが出る、という症状が出てきます。

ますます黄疸の疑いが濃厚になってきました。私は夫をせっついて、2軒目の病院に行かせました。

家の近所にある総合病院・B病院では、すぐさま血液検査をし、その結果ビリルビン値が異常に高いことが判明しました。同時に胆管が詰まっていることもわかりました。

「明らかに黄疸ですね」

でも、何が原因で胆管が詰まっているのかがわかりません。

「A型肝炎かB型肝炎、もしくは胆石の可能性もある」ということで、CT検査や肝炎検査をしましたが、どれも該当しませんでした。最終的に、「うちではこれ以上わからない」と国立C病院での受診を勧められました。

5月下旬、「C病院に行かないとね」と話していた矢先、夫は出社途中の電車内で倒れました。吊り革につかまっていたら急に立ちくらみがきて、少しの間意識を失ったそうです。

次の駅に着いて、なんとか自力で電車を降りた夫は駅のベンチでしばらく休み、タクシーでB病院に向かいました。そこで国立C病院への紹介状を書いてもらい、入院の準備をしてから行くよう指示されました。

国立C病院で精密検査を受けた夫からLINEがきたのは18時ごろ。

「やっぱり胆管に何か詰まってると。悪性腫瘍かポリープか。悪性腫瘍だと胆管がんかすい臓がん。明日から入院、胆管を通すための手術も明日するって」

「いきなり手術⁉」

しかも悪性腫瘍の可能性……はじめて「すい臓がん」という病名が出たのは、このときでした。

血の気が引きました。でも夫は体調が戻り、仕事のことと手術の痛みの心配しかしていませんでした。

ステントを入れ、胆管を通す手術は成功しました。とくに痛みもなく胆汁も順調に流れるようになり、ビリルビン値も基準値に近づいていきました。

でも問題は、胆管が詰まった原因です。医師からは、「手術の際、すい臓に怪しいものが見えました」と告げられ、退院して1週間後に検査入院をすることになりました。

検査入院をしてさらに1週間後、私は大きな不安を抱えて夫と一緒に検査結果を聞きに行きました。

診察室に入り医師の顔を見た瞬間、私は最悪の結果だということがわかってしまいました。悪い結果を告げなくてはならない、その緊張感のようなものが伝わってきて、何も聞かないうちに涙があふれるのを止められませんでした。

「すい臓のすい頭部に、4cmを超える大きさのがんがあります」

そう告げられました。

夫は私とは逆に、「まったく痛いところもないし元気だし、問題ないだろう」と思っていたそうで、「え？　そうなの？」と驚いていました。

「細胞診の結果は、一番悪いクラス5、悪性のすい臓がんです。リンパ節に浸潤《しんじゅん》があり、この状態では手術でとることは難しいです」

私は泣きながら説明を聞きました。

「まずは抗がん剤を入れて、もし効いてがんが小さくなったら、手術できる可能性が出てきます」

現時点でのステージは3寄りの2bということでした。

「じゃあ俺、いつ死ぬんですか？」

「このまま何もしなければ、悪ければ半年、どんなに長くても1年です」

夫の質問に、あまりにも短い余命宣告が返ってきました。

「セカンドオピニオンはしますか？　僕はしたほうがいいと思います。紹介状はいつでも書きますので」

今後主治医としてお世話になるF先生は、そう言ってくれました。

このとき、私はがんは絶対に切ったほうがいい、抗がん剤も当たり前に使うものだと思っていました。というより、それ以外の選択肢など思いもよりませんでした。

おそらく、多くの人がそうではないでしょうか。がんが発覚したらともかく抗がん剤治療をする、そして切除手術や放射線手術をする、それが「標準治療」としてこの国では採用されています。がんになる人はたくさんいるし話もよく聞くけれど、「標準治療」以外の選択をした人の話を、私は聞いたことがありませんでした。

帰り道――。

「余命半年かあ。短いな。仕事いっぱいあるのに」

夫は、いつもの飄々とした様子のままでした。

強がっているわけではないことは、夫のことを世界一よく知っている私にはわかります。

「ママ、さよならだね」

泣きじゃくる私をからかうように言いました。私が怒ると、夫は「ハンバーガー食べて帰ろう」と笑いました。

ここから、夫と私のセカンドオピニオンの旅が始まります。

COLUMN

夫・叶井俊太郎
見守ってくれた人たちへ

夫は、放送・出版業界で働く会社員でした。少し名が知られているのは、映画『アメリ』などのヒット作にかかわったからです。本人も散々ネタにしていますが、『アメリ』の場合ホラー映画だと勘違いして買いつけたらラブコメで、よくわからないうちに大ヒットしちゃったという成功譚なのか、なんなのかが世間に面白がられたという経緯があります。

夫はかなり癖が強いため、合う人合わない人がはっきりしていましたが、業界内では結構人気者でした。常に後悔なく生きてきたのでがんの告知を受けたときも、「痛いのはイヤだけどこの世に未練はない」とさっぱり。末期がんでもてきぱき仕事をこなしていて、悲観して泣くなど一度もありませんでした。

そんな夫のキャラクターもあってか、すい臓がんであることを公表した際、多くの温かいお言葉をいただきました。たくさんの方々が私とともに、夫の選択を見守ってくれたと感じています。遠く、会ったことのない人たちであっても、応援の声をいただけたことはいまでも感謝しています。

第1章
セカンドオピニオンの旅

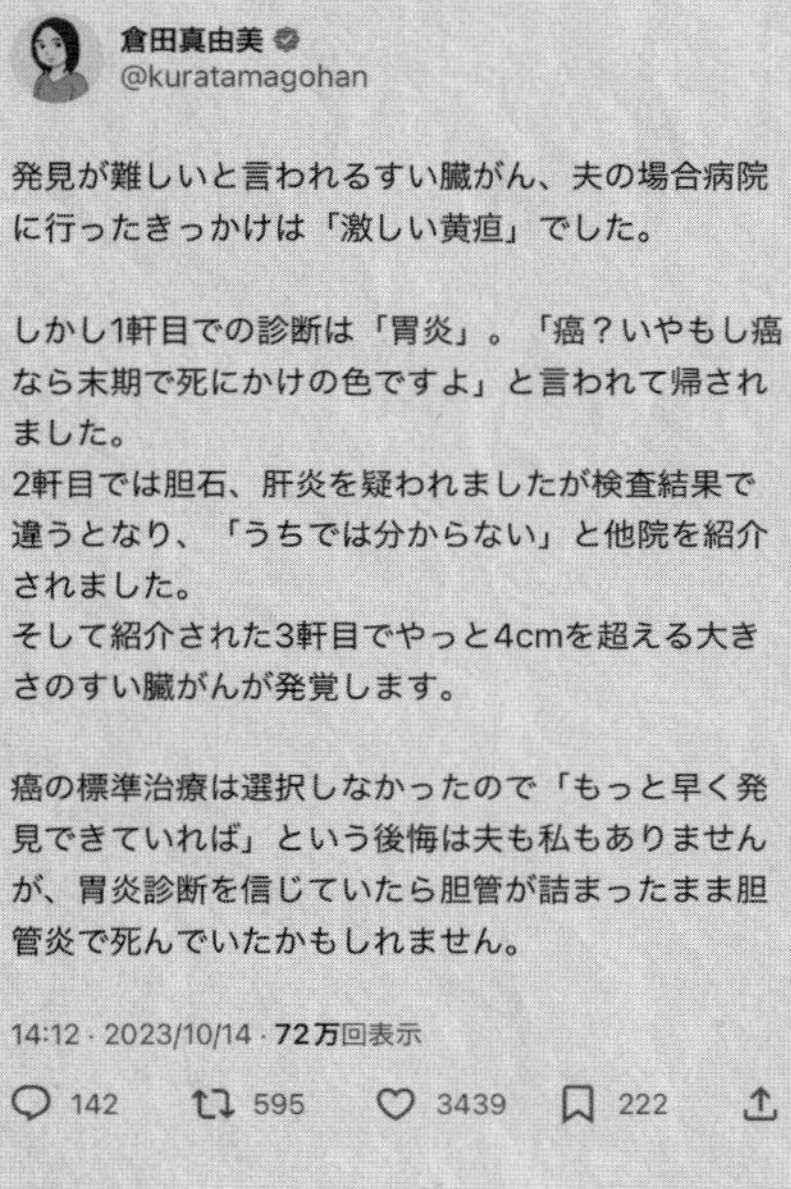
倉田真由美
@kuratamagohan

発見が難しいと言われるすい臓がん、夫の場合病院に行ったきっかけは「激しい黄疸」でした。

しかし1軒目での診断は「胃炎」。「癌？いやもし癌なら末期で死にかけの色ですよ」と言われて帰されました。
2軒目では胆石、肝炎を疑われましたが検査結果で違うとなり、「うちでは分からない」と他院を紹介されました。
そして紹介された3軒目でやっと4cmを超える大きさのすい臓がんが発覚します。

癌の標準治療は選択しなかったので「もっと早く発見できていれば」という後悔は夫も私もありませんが、胃炎診断を信じていたら胆管が詰まったまま胆管炎で死んでいたかもしれません。

14:12 · 2023/10/14 · **72万**回表示

142 595 3439 222

がん研有明病院

最初に向かったセカンドオピニオンは日本でも『国立がん研究センター』と並ぶトップクラスの規模のがんの専門病院、『がん研有明病院』でした。

当然ですが、ここにいる人は私のような付き添い以外は皆、がん患者です。大きく広い待合室は、人であふれていました。

「抗がん剤が効いて、がんが小さくなったら手術できる可能性が出てきます」

持参したCT画像などの資料を検分した医師からは、国立C病院での所見と同じことを言われました。

「この画像では転移があるかはっきりしませんね。うちではもっと細かく調べます」

がんの専門病院だけあって手術の件数もとても多いらしく、夫と似たケースも数多く診てこられた医師のようでした。でもやはり、仮にすべてがうまくいったとしても生存率は決して高くないのです。

丁寧に説明を受けましたが、治療方針そのものはC病院とほとんど変わりませんでした。

あとで調べてわかったのですが、「がん診療連携拠点病院では、標準治療に基づいて治療方針が決められるため、病院や医師によって意見が大きく異なることはない（国立がん研究センター公式サイト「がん情報サービス」より抜粋）」とのこと。

がん研有明病院と国立C病院は、共に国が指定する「がん診療連携拠点病院」です。同じ治療方針を勧められるのは当然のことでした。

つまり標準治療以外の方針を聞くのは、一般的な大病院では難しいということになります。

しかし、標準治療以外を提案するある種特殊な医師は、ただ「セカンドオピニオン」で検索してもなかなか辿り着くことはできません。

では、どうやって探すのか。

これはもう、自分で草の根を分けて探すしかありません。

私の場合は、抗がん剤に否定的な意見を標榜している医師を探すことから始めました。とても数は少ないですが、そういう本を上梓している医師もいます。

また、西洋医学だけではなく東洋医学に造詣が深い医師、分子栄養学に詳しい医師なども標準治療とは異なる方針を提案してくれることがあります。

書籍、インターネットなどの情報を調べ尽くして数人の医師を見つけ出すことができました。

近藤誠先生のセカンドオピニオン外来

次に訪れたのは、近藤誠先生のセカンドオピニオン外来です。

近藤先生は、「抗がん剤は効かない」「がん放置療法」などの理論を提唱し数々のベストセラーを手がける一方で、医療現場からは「極端過ぎる」など多くの批判が寄せられた、日本の医療界に一石を投じた医師です。

そのせいもあってか、国立C病院でセカンドオピニオン用の資料を用意してもらうとき、「近藤誠先生のところにも行きます」と言うと少し驚かれたようでした。一般的な医療界からは、有名だけど変わった医師という見られ方をされていることを体感した瞬間でした。

私は10年ほど前に近藤先生と共著したことがあり、先生の話は生で何度も聞いてはいましたが、当時は「ふうん、そういう考え方もあるのね」と浅い理解のままでした。でも今回、標準治療以外の方針を聞いてみたいと思ったとき、真っ先に近藤先生の名前を思い出しました。

慶應義塾大学医学部を定年退職された近藤先生は、渋谷区のマンションの一室に『近藤誠がん研究所・セカンドオピニオン外来』を構えていました。

狭いテーブルを挟んで、近藤先生の向かいに夫と私が並びました。先生は、私たちが持ち込んだ画像や資料をじっくり見ています。

「何もしなければ、悪ければ半年、どんなに長くても1年と言われました」

私が言うと先生は画像を見ながら、

「いや、これで『半年で死ぬ』ってことはないね。1年は元気でいられる」

これまでとはちがう見立てに驚きました。

「ただ、1年くらいでだんだん状態は悪化していって、1年後以降のどこかで死ぬでしょう」

と、近藤先生は紙に図を書いてくれました。縦軸は元気・体力、横軸は時間。現在のゼロからスタートした線はずっと同じくらいの高さを保ち、1年後ずるずると右肩下がりで落ちていきました。

「でも、もし抗がん剤や手術をしたらその瞬間にガクンと体力が落ちて、しかも結局寿命は変わらない」

先生は、標準治療をした場合の線も書き込みました。高いところから急激に下がった線は、そのままずるずるとゆっくり右肩下がりに落ちていきます。

「結局どっちにしても死ぬってことですね」

夫は納得したというように、淡々と言いました。

「つまり、なにも手立てがないということですか。何か、がんに効くものを摂ったりとか、糖質制限をしたりとか……」

私の質問に、

「いや、そういうことは意味ないですね。好きに生きるのが一番いいですよ。好きなものを食べなさい」

先生はこう答えました。

その言葉を受けて夫は、にわかに勢いづいて言いました。

「ですよね！　俺、うなぎが食べたい」

「いいね、うなぎ。そういうの、どんどん食べなさい」

夫は褒めてもらったかのように、少し得意げでした。


うなぎを食べて帰宅後、近藤先生の言葉を反芻しました。

現在の日本では、標準治療をしない選択をするのはかなりの勇気が必要です。

標準治療をしないと言っただけで、「馬鹿だ」「死にたいのか」「トンデモ医療に騙されている」と非難されることもあります。そしてそのまま死ねば、「ほれみたことか」「標準治療をしていれば助かったかもしれないのに」と冷笑されることすらあります。

標準治療をしたって死ぬときは死ぬのに、その場合は「よくがんばった」と肯定されるのが日本です。

2021年に夫と同じすい臓がんで亡くなった作家の山本文緒さんや、原発不明がんの森永卓郎さんも抗がん剤を一度入れただけで身体がとんでもなく衰弱してしまい、「もう二度と抗がん剤をしない」と決めています。

人によってダメージの大きさはちがうものの、抗がん剤が劇薬であることは事実です。実際、医療現場でも相当慎重に扱われます。

夫は今日の話を聞いて、どう思ったのだろう。

「がん研とはだいぶんちがったね」と言うくらいで、はっきりとした決断はまだしていないようでした。

近藤誠先生は私たちのセカンドオピニオンの約1カ月後、虚血性心不全で急死されました。たいへんお元気だったので、とても驚きました。このあとも先生にまた話を聞きたいと思うことはあったのですが、それは叶いませんでした。

薄めたものを使うのは?

3軒目に夫と向かったのは、がんの自由診療もおこなう個人のクリニックでした。

夫が会社の同僚に勧められたクリニックで、たまたま近所にあったのでセカンドオピニオン用の資料もないまま訪ねました。

ここで提案されたのは、

「何もしないよりは薄めた抗がん剤を入れてがんの制御を試みる『少量の抗がん治療』をやってみるのはどうですか」

というものでした。

この治療法は抗がん剤でがんを叩くのではなく、がんを眠らせることを目的としていることから「休眠療法」ともいわれているそうです。抗がん剤が少量のため、痛みや吐き気などの副作用が和らぎ生活の質を保つことができるとのことでした。

副作用を極力避けたい夫には、合っているかもしれません。

ここでは診療後、高濃度ビタミンC点滴、水素療法などを受けて帰宅しました。

「点滴とか水素、効いてる？　何か変わった？」

「全然わからん」

「すぐにすっきりしたり、元気が出たりするものじゃないのかな」

「わからん。点滴は、妙に喉が渇くよ」

「薄い抗がん剤ってどう思う？」

「さあ。わからん」

家までの帰路、夫はいつもの夫のままでした。

抗がん剤もワクチンも毒

私だけで意見を聞きに行ったところもあります。知人の伝手で知った小さなクリニックでした。

院長は医原病にも理解が深く薬やワクチンの危険性を訴え、西洋医学盲信の現在の医療界に疑義を呈している人です。やはり水素吸入や高濃度ビタミンC点滴、オーソモレキュラーなど、自由診療を主におこなっています。

「叶井さんはすい臓がんですよね。抗がん剤は強い毒性をもつので、投与するとあっという間に弱りますよ。それで手術なんてしたら本来1年生きられるところを、数カ月程度しか生きられない状態にしてしまうこともあるからね。少しでも長く健康的に生きることを優先するなら、抗がん剤治療はしないほうがいいと思いますけどね」

院長の抗がん剤に対する意見は、近藤誠先生に近いものがありました。

「先日ほかのクリニックで、高濃度ビタミンC点滴と水素吸入をやりました」

「ああ、いいですね。身体に負担がかからないことは重要です。うちでは有機ゲルマニウムも勧めています」

私は一番気になっていることを尋ねました。

「薄めた抗がん剤はどうでしょうか。『休眠療法』といわれている治療を勧められたんですが」

院長は、

「それもやらないほうがいいと僕は思います。薄めたとて、抗がん剤は抗がん剤ですから」

と、明言されました。

やはり開業医は、それぞれ意見が大きく異なることがあります。大病院の医師ではこうはいきません。

とりあえず有機ゲルマニウムをネットで買うことにして、クリニックをあとにしました。

大学病院の消化器内科医

夫はいくつかのセカンドオピニオンを渡り歩くうち、「生き延びることはもう考えない」「抗がん剤はやりたくない」という方向にだんだん気持ちが固まってきているようでした。

「セカンドオピニオンは、もういいかな」

と、医師の意見を聞きに行くのを渋るようになっていました。

でも私はまだほかの可能性に未練があり、伝手を辿ったり情報を集め続けていました。

某大学病院の消化器内科の医師K先生には、知り合いに紹介してもらって病院の外で会うことができました。これまで専門医として何十年も多くのすい臓がん患者を診察し、抗がん剤治療もおこなってきた人です。すい頭部に4cm超えのがん、抗がん剤を入れそれが効いたら手術、という標準治療を勧められていることなど夫の状況を話しました。夫が、抗がん剤をやらない、標準治療をしないという選択をしようとしていることも。

横で一緒に聞いていた知り合いは、

「どうして抗がん剤やらないの。もったいない」

と言いました。「助かる可能性があるなら、やるべきでしょう」

知り合いの言葉を受けて、K先生は、

「うーん。僕も、その状態なら旦那さんと同じ選択をするかも」

と呟きました。

「え、そうなんですか？」

知り合いも私も声を上げました。

「すい臓がんはね、本当に厳しいがんなんです」

たくさんのすい臓がん患者の現実を見てきたK先生の言葉は重く、心にのしかかりました。

でも同時に夫の選択を応援されたようで、少し心強く感じたのも事実です。

〝神の手〟から言われたこと

最後のセカンドオピニオンは、すい臓がん手術の腕は日本でトップクラスといわれる某大病院の消化器外科医です。〝神の手〟のひとりとも評される医師の話をどうしても夫にも聞いてほしくて、渋る夫のお尻を叩いて一緒に行きました。

抗がん剤を入れて、もし効いてがんが小さくなったら手術という標準治療の方針はC病院、がん研有明病院と変わりませんでしたが、

「手術が成功したら、5年生存率は2、3割ですね」

と、ここではじめて「5年生存率3割の可能性」を聞くことができました。さすが〝神の手〟、実績からくる数字なのでしょう。

「3割」といっても3人にひとり以下だし、そもそも抗がん剤が効かな

い人もいるのでこの「3割」は相当低い勝率にはちがいありません。そして5年生存率には再発者も含まれているため、実際に寛解・完治した人はさらに少ないはずです。

でも、「3割だったら挑戦する価値があるかもしれない」と、私の気持ちはグラついてしまいました。なにより医師から手術の腕に自信がある様子がにじみ出ており、対峙しているうちにそれに賭けてみたい気持ちが湧き上がってきたのです。

ところが夫は診察を出た瞬間、断言しました。

「俺は絶対にやらないよ」

「え……?」

「抗がん剤とか手術で痛い思いをしたり、苦しんだりしたくない。俺はやりたいことは全部やってきたから人生になんの後悔もないし、いつ死んでもいい」

夫に一切迷いは見られませんでした。

「絶対にやらないよ」

「そっか、わかった」

夫の強い意志が伝わり、私はすぐに気持ちを切り替えました。

夫の人生は夫のものです。すべて、夫が決めるべきこと。

家族でも医師でも、夫の選択に口を出すことなんかできません。

私にできるのは、夫の選択を受け入れ見守り、支えることだけです。

夫がはっきり決めた以上、私が四の五の言うことはありません。

これほど迷いなく決断してくれた、だから私も心から納得することができたんだと思います。

この日以降、夫の決断は一度も揺らぐことはありませんでした。ただ私だけがまだ、夫の選択を受け入れつつも「なんとか少しでも長く生きる道はないか」という未練を捨てきれてはいませんでした。

自分に合う治療法を自分で見つけた人

時を同じくして、ジャーナリストであり、がんサバイバーでもある金田信一郎さんにお会いしました。

金田さんは2020年、ステージ3の食道がんと診断されました。

東京大学医学部附属病院で提案された治療法は、「抗がん剤投与のあと、食道全摘手術」。入院し抗がん剤投与を受けるも、詳細な説明がされないことなどに違和感を拭えず転院。しかし転院先でも「どうしても食道をとりたくない」と土壇場で手術をやめ、抗がん剤と放射線治療というまったく別の方針を自ら探し出した人です。

金田さんは抗がん剤よりも、「食道を全摘すること」をどうしても避けたかった人でした。実際に同じステージ3で10時間近くに及ぶ食道がんの全摘手術を受けた人から、体重が激減したこと、食べることもままならず仕事が続けられなくなるほどのダメージを受けたことを聞き、手術回避の気持ちが固まったそうです。

抗がん剤を躊躇なく使い、放射線でがんを叩く。

これが金田さんが選択した治療法です。

「僕は抗がん剤をやってよかったと思っています」

金田さんは言いました。

「病院では、放射線治療の選択があるのにそれを示さず、『手術で食道をとる』という方針だけを勧められていました。なんとかほかの治療法はないか、と探して自力でたどり着きました」

そしてもうひとつ、私にとって治療法よりも驚かされたのは金田さんが変えた自身の食生活です。

「それまで僕は、毎日浴びるほど酒を飲んで、吐いてはまた飲むという生活でした。でも、食道がんと診断されてからは一滴も飲んでない。いまも、アルコールは一切飲みません」

このストイックさ。夫とはまったくちがっていました。

夫は治療をしようがしまいが、生活を変える気が微塵もありません。好きなものを好きなときに食べる。

下戸の夫はアルコールは嗜まないけど、お菓子にジャンクフードにインスタント食品、医師じゃなくても止めたくなるようなものを一片の躊躇《ためら》いもなく食べまくる人です。もし奇跡が起きてがんが消えたとしても、これまでの食生活を改めるということはあり得ないでしょう。

金田さんが現在元気でいられるのは、彼の鉄の意志と実行力があってのものでした。そのことに深く納得し、またひとつさっぱりすることができました。

COLUMN

自由診療が効いたかどうかは永遠にわからない

夫は結果的に、「悪ければ半年、どんなに長くても1年」の余命を大きく超え、宣告から1年9カ月ほど生きました。

それがどうしてなのか、誰にもわかりません。

夫が自由診療でおこなった治療がいくつかあります。NKT細胞標的治療、CTC（循環腫瘍細胞）検査、高濃度ビタミンC点滴、水素ガス、有機ゲルマニウム、各種サプリメント……ほとんどは私が勧めたもので、長く続いたもの、すぐにやめたもの、いろいろです。

これらの何かが効いたのか?

それともまったく関係ないのか?

これはどう解釈するかでしかなく、永遠に謎のままです。

お金だけはたくさんかかりました。なので、私は人には勧めません。効いたかどうかわからないのですから、勧めようがありません。

それでもやってみたいという人は、やってみるのもいいと思います。

第2章
闘わない闘病記

倉田真由美
@kuratamagohan · 2023/12/24

去年のクリスマスは「これが夫と最後のクリスマスか」と思っていた。夫に膵がんが発覚し「悪ければ半年、長くても一年」と言われてちょうど半年経っていたから。

悲しい気持ちでケーキを買い、涙を堪えて食卓を囲んだのを覚えている。でも、今年も無事に…とはいえないまでも、夫とクリスマスを迎えることができた。

よかった。今年のほうが去年より悲しくない。甘ったるいバタークリームのケーキは、甘党の夫のお気に召したようだ。

46　143　4064　23

闘わない闘病記

月に一度の血液検査、３カ月に一度のステント交換手術。

「抗がん剤を含む標準治療をしない」と決めた夫が定期的にすることになったのはこのふたつです。

６月にすい臓がんが発覚し「悪ければ半年」と、進みが早く状態が悪ければ寿命が尽きていたかもしれないといわれた２０２２年の間は、ほぼがん発覚前と変わらない生活ができました。

もともと85kgくらいでやや肥満だった夫の体重は、12月の年末ごろには５kg減り80kg前後になっていました。見た目も大きくは変わらず、むしろ引き締まって健康的に見えるほどでした。

発見当初４cmを少し超えるくらいの大きさだったがんは、少し増えて

4・5㎝ほど。進行もあまり早くなく、ステント交換手術でもトラブルはありませんでした。

年末には、

「これが最後の正月になるかもしれないから」

と言う夫と一緒に近所のスーパーへ行き、黒豆やつくだ煮など夫が食べたいものをすべて買い込みました。実際に自分の目でさまざまな食品を見て、あれもこれもとカゴへ入れていく夫の姿は実に楽しそうでした。

年が明け、まだ何も知らない娘はお年玉をもらって喜び、夫も思うさま好物を食べ、例年通りの明るい我が家の正月がやってきました。

ただ、私も口には出さなかったけど「これが最後の正月になるかもしれない」という可能性を考えずにはいられなかったので、私の心のなかだけはしんみりとしていました。

2023年2月——少しずつ体重減少

夫の体重はじわじわと減り続け、2月には80kgを切り77kgになりました。

このくらい痩せてくると体型変化に気づく人も増えてきます。夫ががんであることを知っている知人に、「がんぽくなってきた」と言われたとある日夫が笑いながら話しました。

このころから「肩が痛い」と訴えることが多くなったので、肩や首、背中を揉んであげることが日課になりました。

以降、マッサージは最期まで続いた夫と私のコミュニケーションのひとつになりました。

2月21日——3回目のステント手術

胆汁の流れを改善する「ステント」には、プラスチック製と金属製があります。

夫はいままでプラスチック製のステントを使っていましたが、プラスチックだと詰まりやすいのと、今後がんが大きくなってきたときに交換手術がしにくくなることを踏まえ、金属製に替えることになりました。

ところがこれが夫の身体に合わず、交換手術をしたら夫はのたうち回るほどの激痛を味わいました。

痛みのあまり食べることも眠ることもできず、数日前まで77kgあった体重が、あっという間に71kgまで落ちてしまいました。

痛みに弱い夫は苦痛に耐えることができず、すぐに医師に訴えました。

「プラスチックに戻しても、痛みがおさまるかどうか保証できませんよ」

「それでもいいから戻してくれ！」

夫は必死に直談判しました。

その日は痛くて眠れず、同室の人への配慮から夜中廊下で七転八倒していたとあとで聞きました。

夫の懸命の訴えが聞き届けられ、手術の3日後に金属からプラスチックに戻す手術がおこなわれました。

術後すぐに痛みは消え、食欲も戻り眠れるようになりました。それを聞いてこれほど急にすっきり痛みがなくなるのか、と驚いたほどです。

落ち込んだ体重も、退院する日には75kgまで戻っていました。

一般的にステントはプラスチック製に比べて金属製は痛みがあるそうです。痛みを感じても慣れるまで我慢する人もいるなかで、夫は痛みを我慢せず医師と交渉してすぐに替えてもらえました。

夫の性格の勝利といえるかもしれません。

4月――食後に時折苦しむことが

娘の保護者会に夫が出席すると、幼稚園時代からのママ友に「痩せた!」と驚かれ病気を疑われたようでした。娘にはまだがんのことを伝えていなかったので、娘の周りの人たちには病気のことを知られたくありませんでした。

「ダイエットしたんだよ」

このときはこう言ってごまかしたそうですが、怪しんだままの人もいたように思います。

夕食をしっかり食べたあとにポッ

大のお菓子好きの夫がためこんでいた駄菓子。日々ボリボリ食べていた。

プコーンをひと袋食べてしまったある日の夜、

「お腹が張って苦しい！　背中さすって！」

と私に訴えました。

私は背中をさすりながら、かわいそうに思う気持ちとなぜ毎回食べるものの質や量をコントロールしないのか苛立つ気持ちがない混ぜになり、優しい言葉をかけることはできませんでした。

食べたいものを食べたいように食べさせてあげたいけど、どうしても心のなかではバランスのいい食事を適量とるだけにしてほしいと思ってしまいます。

4月——江の島旅行

娘と娘の友だちと私たち夫婦の４人で江の島に行きました。

夫と結婚してから、年に何度か長期、短期の国内旅行に行くのが家族行事でした。がん発覚直後の2022年8月には、1週間ほど石垣島にも行っています。

江ノ島では仲見世通りで食べ歩きをしたり、海岸で子どもたちが水遊びをするのを眺めて過ごしました。夫はまだまだ元気でどこへでも行けそうに思えました。

そのころ、すい臓がんで抗がん剤治療中だった夫の知り合いが亡くなったという連絡が飛び込んできました。

——夫と同世代で、がんが発覚したのは夫よりあとだったにもかかわらず、夫より先に亡くなってしまった——

「すい臓がんは助からない病気」と

いうことを突きつけられたようで、私は暗澹たる気持ちになりました。

一方夫は完全に他人事として、まったく気にしていませんでした。

5月——食べものが消化できない!

5月に入ってから腹痛の頻度が増え食もだんだんと細くなり、ついには体重が70kgを切りました。

夫は伊達男だったので着たい服をイメージ通りに着られないことがイヤなようでした。キリでベルトに穴を開けている夫の後ろ姿を見るのは、切なく苦しかったです。

そして5月半ば、4度目のステント交換の日に「手術ができなかった」と入院中の夫から連絡がありました。がんが大きくなっていてステントが通らなかったそうです。

さらに、がんが十二指腸を圧迫して食べたものがなかなか通らなくなっており、かなりの量が胃にそのまま残っているということでした。

「あと1~2週間で水も通らなくなるほど詰まってしまうかも」

とも主治医に言われましたが、現状はまだそこまではなく、それなりに食べることはできています。

退院後2週間経っても心配されたほど詰まっている様子はなく食事もできたし水も飲めましたが、何度か吐いてしまったことはありました。月末に外科医と相談し、選択肢は3つだと言われました。

1 胃と小腸をつなげるバイパス手術をする

2 ふさがっている十二指腸にステントを入れる

3 手術をせずに点滴生活に入る

夫が選んだのは1でした。

手術は大嫌いな夫ですが、食べられなくなるほうがイヤだったようです。2はうまく機能するか不透明なうえに、痛みがある可能性もあるとのことですぐに却下。とくにステント交換で痛い目を見ていた夫としては、選ぶ余地のない方針です。

そして食べることにこだわっている夫には、点滴生活もあり得ませんでした。

「手術は来月おこないます。それまでの食事は消化のいいお粥などを食べるように」

と指示されましたが、夫はその足で病院の食堂に行き、「まだ大丈夫だろ」とカツカレーを食べました。

私は嘆息し、これで手術に滞りがでたりしないといいけど、とひとりで心配していました。

6月——娘へのカミングアウト

「さっきココ※に、『父ちゃんがんで、あとちょっとしか生きられないんだよ』って言っちゃったよ」

「え？　なんで私がいないときに⁉」

この日、私は出張に出ていました。夜に夫から電話がかかってきて、娘にカミングアウトしたことを知らされました。

なぜこのタイミングで？　時期をみて、夫婦で一緒に伝えるものだと思っていたのに。

突然そんなことを告げられた娘のことを考えると泣けてきて、慌てて電話をかわってもらいました。

※ココ
叶井俊太郎と倉田真由美の娘のこと。2009年生まれ。

「大丈夫?」

「だいじょばない(大丈夫じゃない)」

娘の涙声に、私は嗚咽を堪えられませんでした。でも電話越しに伝わる娘の様子に恐れていたほどの動揺は感じられず、さすが夫の娘と少し安心もしました。その場にいたら私はきっと号泣してしまっただろうから、これでよかったのかもしれません。

「父ちゃんいなくなったら、ふたりで家事やれよ」

電話の向こうで、夫が笑いながら話すのが聞こえます。また夫にかわってもらうと、

「ケンタッキー食べ過ぎて、苦しいんだよ」

と、また笑っていました。

しんみりとはしない、夫らしいカミングアウトだったようです。

6月――バイパス手術

6月に入るとますます十二指腸が詰まったのか、胃液のような匂いのするゲップが出たり、横になると口から食べたものがあふれそうになることがありました。「1~2週間で水も通らなくなるかも」という見立てよりは保っていますが、そろそろ生活に支障をきたすようになってきました。

胃を空っぽにするため手術の数日前から入院し、夫は点滴生活に入りました。食べられるのは少量の味噌汁や重湯《おもゆ》、飴など。

「お腹が空いて死にそうだよ」

という泣き言の電話が何度かかかってきました。

私はひたすら心配でした。今回は胃と小腸をつなげるバイパス手術。

いつものステント手術より大掛かりな手術になります。祈るような気持ちで待っていた手術当日、担当の医師から電話がありました。手術は成功したとの連絡でした。

手術前日の検査で「胃に内容物が残っている。これがなくならないと手術できない」と言われていてヒヤヒヤしていましたが、なんとかなったようです。ホッとしたのも束の間、その日の夫からの電話は麻酔のためか朦朧としており、ＬＩＮＥも既読にならず不安は残りました。

翌日も電話してもすぐに切られ、夫の声を聞けないまま。悶々としていたら夜中24時ごろに病院の番号から着信がありました。深夜の病院からの電話は本当に怖いです。ドキドキしながら出ると、「吐血した」という案の定悪い報告でした。

「いまから胃カメラで手術箇所を見ます。出血していたら治します」と言われましたが、どの程度危険な事態なのか判断できず、眠ることもできないまま連絡を待っていました。朝方4時近くなって、夫からLINEで「いま手術終わった」と連絡がきて、やっと少しだけ安心できました。

翌朝すぐに見舞いに行くと、想像していたよりずっと元気な夫が差し入れの雑誌を受け取り、「水とテレビカードがほしい」と言うので病院の売店に買いに行きました。普通に会話ができるのはありがたいです。

翌々日の胃カメラ検査では、出血が治ったことも確認できました。

結局入院期間は2週間に及びました。体重は約5kg減り、65kg。これからまた食べられるようになり、体重も増えることを期待します。

退院当日、医師から「腹七分目でね」と釘を刺されましたが、夫は病院を出たその足でいきなり『いきなりステーキ』へ行き、ヒレ150gとライス、スープを食べました。帰り道にたい焼きを2個買って帰ったのも含め、夫らしさは健在だったのを確認しています。

6月末――夜の腹痛が増える

退院した翌日、

「手術で穴を開けた臍《へそ》が痒い。かさぶたをとってくれ」

と言われましたがそんなことできるはずもなく、綿棒で痒み止めを塗ってあげました。

日曜日だったこともあり、夫は久々に娘のバドミントンの試合を観に行くと言い出しました。

「いまのうちに観ておきたいんだよ」

娘は小学生のころからバドミントンを習っていますが、夫はずっと娘とその仲間を連れて送迎したり試合の応援に行ったりしていました。夫の「いまのうちに」という言葉がつらくて、私は一緒に行くことができませんでした。

いつもとちがうことをなるべくしたくない。

このころの私は、夫の病気のために生活が変わることを恐れていました。普段と異なることをすると、逆に夫が重い病気であることを突きつけられるような気がしていたからです。

その夜、また夫は腹痛、そして背中の痛みを訴えました。激しいものではありませんでしたが、私に背中をマッサージされながら夫は「緩和ケア、調べておいてよ」と言いました。

「でも、来週撮影はじまるまでは仕事忙しいから無理だな」

すぐに緩和ケアに入りたいとは言いませんでしたが、痛みで弱気になっていたようでした。このころはまだ、最期を自宅で過ごすとは夫も決めておらず、私も五里霧中でした。

6月末日、体重は63・2kgまで落ちていました。

7月初旬――改めてステージ宣告

夫の食生活はほぼ元通り、ジャンクフード、駄菓子も躊躇なく食べています。私は「好きなものを食べさせてやりたい」という気持ちと「好きなものばかりじゃなくバランスのいい食事をしてほしい」という気持ちの間でずっと揺れ動き、ときには小言を言ってあとで後悔したりを繰り返していました。

2日の夜には夫が行きたがっていたステーキ店に家族で行き、夫はハラミステーキ200gとごはんを完食しました。

「300gにすればよかったな」

と言うので、

「食べ過ぎたらお腹痛くなるんだから、これくらいでよかったんじゃない？」

と宥《なだ》めました。肉などたんぱく質をしっかり摂ってくれるのはうれしい反面、200gでも多い気がして不安でしたが、この日は腹痛は起きませんでした。

翌日3日は月一の検査、血液やがんの状態を調べます。私も一緒に行き、結果を聞きました。

「がんのサイズはそれほど変わっていませんが、肝臓に怪しい影が見えます。転移している可能性が高い」

毎回少しずつですが状態は悪くなっています。

「ということは、いまのステージは……」

私の質問に、主治医は「現在はステージ4です」とはっきり答えました。

「でも、がんの進行はそれほど早くはありません」

これは半年ほど前にも言われたことです。実際最初の「悪ければ半年、どんなに長くても1年」という診断から1年以上経っており、医師の想定より相当ゆっくりした進行だったといえると思います。

このとき、いままでのステント交換のやり方はもうできないので、次に胆管が詰まったときの手術の方法を2種類提案されました。

ひとつは胆管から管を外に出す、比較的簡単な手術。もうひとつは胆管と胃をつなげる難しい手術です。

「外に管を出すとか、俺は絶対イヤだよ」

夫は迷わず後者を希望しました。でも、実際胆管が詰まったときに果たしてその難しい手術がうまくいくかはわかりません。

「胆管を詰まらせないために、脂っこいものは避けたほうがいいですよ」

医師にアドバイスされましたが、夫はこれも「いや、好きなものを食べます」と拒否。実際診療が終わったあと、病院内の食堂でお昼ごはんとしてカツ丼を食べていました。

翌日の夜、肩揉みをしながら夫と話しました。

「胆管詰まったらもう次は手術したくないな。なんの意味があるの。死ぬのがちょっと延びるだけでしょ。もういいよ」

夫はやけくそというわけでもなく、本気でこう思っていたようでした。「やりたいことはやった、いつ死んでもいい」というのはずっとブレておらず、そのために「少しでも健康になる、命を延ばす努力をする」ということはほとんどする気がありませんでした。

「まあ、詰まるかどうかわからないし。そのとき考えたら」

私は言いました。夫は次に、最期をどこで過ごすかについて話しました。

「緩和病棟と自宅、どっちがいいかな」

「どっちでもいいよ、好きなほうで。家なら、私が父ちゃんの世話をするよ」

夫はしばらく考えて、

「やっぱり病棟のがいいわ。ココいるし。なんかイヤだよ」

と言いました。娘に、弱って苦しむ様子を見せたくない気持ちがわかるだけに、何も言えませんでした。

ただ、この7月上旬は一気に減っていた体重が戻ったりもしました。7日の七夕の夜に測ったら67・8kgで、1週間で5kg近く増えたことになります。うなぎや焼肉など、入院中に食べられなかったものを精力的に食べたおかげかもしれません。

うなぎを買って帰る、ある日の夫と娘の後ろ姿。

7月半ば――年内もつかどうか

11日に、夫はバイパス手術の経過診断のためいつもの国立C病院に行きました。がんの主治医は消化器内科のF先生ですが、今回は消化器外科のS先生です。

「肝臓の影は、たぶん転移だね」

一度お会いしましたが、わりとはっきりものを言ってくれる人です。

「体重はもうこれ以上増えることはないね。がんに6、7割栄養をとられてる」

「手術したことでますますがんを育てることになるの?」

夫の質問に、

「そうだね、それを言ったら元も子もないけど」

との答え。夫はさらに聞きました。

「ぶっちゃけ、余命どれくらいですかね」

「年内もつかどうかかな」

あと半年……でも、がん発覚時の余命宣告は当たりませんでした。絶対これも覆したい、こんなに元気なんだから半年以内に死ぬことはない、私はそう思いました。

「でも十二指腸と胃も半分近く使えてないのに、こんなに動けて食欲あるのは奇跡みたいなものだよ」

S先生は言いました。たくさんのすい臓がん患者を診てきた医師から見ても、夫は特別元気なようです。励みになる言葉でした。

翌日、夫の昔の会社の同僚が職場にお見舞いに来てくれました。粒が大きくて揃った箱入りの高価なさくらんぼを持ち帰った夫は、「これはうまい」と夕食後に10粒食べました。病気になる前、果物は酸味のない桃、メロン、スイカ以外ほとんど食べなかった夫ですが、徐々に好んで食べるようになりました。食の好みの変化のひとつです。

17日、玄関付近にゴキブリが出て、夫婦ふたりでワーワー騒ぎながらの大捕物をやりました。でも途中で姿を見失い、それについてもワーワー言い合えたのが楽しく、こんなどうでもいいようなことを面白がれるのはこの人、夫とだからだなあと思いました。

7月23日――私の誕生日、その前後

私の52歳の誕生日23日前日、夫は早朝から担当している映画の舞台挨拶に映画館を4カ所回り、最後豊洲から帰ってきました。夜ごはんは全国1位になったという味噌ラーメンを食べたそうで、疲れているはずなのに「うまかった」とご満悦でした。その後夫の肩を揉みながらふたり

で映画を観ました。そのとき観た映画の話題の流れで、「20代のころ、エマニュエル・ベアールが来日したとき、彼女の買い物に付き合ったことがある」という話を聞きました。一緒にサンダルや着物を買いに行ったそうです。はじめて聞くエピソードで、そういう私が知らない夫の話をもっともっと聞きたいと思いました。

私の誕生日当日は、夫が気になると言っていたオープンしたてのエッグタルトの店でいろんな種類のエッグタルトを買いました。夜は家族で、子どもが小さいとき度々訪れたもんじゃ焼き屋に、数年ぶりに行きました。

このころ、夫は夜中に背中の痛みで目が覚める、トイレに行きたくなって目が覚める、ということがしばしばありました。とくに便は、日に何度も出ていました。これははじめて黄疸が出たころくらいからずっと続いています。

「うんこが出過ぎてお腹が減るんだよ」

と、朝方にカップ麺を食べていたこともよくありました。

でも、体重はあまり増えず65kg前後。

ほぼ毎日私が促して量っていたのですが、28日の夜、「もう量りたくない、見たくないいんだよ」と言い出したので、体重を量ることはやめました。

そうだよね、見たくないよね。

私も、数字に一喜一憂し過ぎていたことを反省しました。以降は、たまに気が向いたら体重計に乗る程度になりました。

7月末──千葉に1泊グランピング旅行

娘と娘の友だち、そして私たち夫婦の4人で夏の1泊旅行。飛行機の移動は不安があったので、電車で行ける、そして自然があるところを選んで千葉某所のグランピングにしました。

まずは娘が小さいころ何度か行った『千葉こどもの国』へ。夫がいるときにしか来たことのない場所へ、また夫と来ることができた。この風景のなかにいつも夫がいることがうれしく、また切なくて娘たちと歩く夫を眺めながら歩きました。夫はまったく病人とは思えない力強い歩き方で、釣り堀や昆虫館など園内を渉猟《しょうりょう》しました。

グランピングのある宿泊地は交通の便が悪く、片道3時間もかかってしまいましたが19時前にはなんとか到着しました。夕食はバーベキューで、肉や魚介を夫が焼いてくれました。最後のクッキーに挟む焼きマシュマロ、夫は3つも食べました。
部屋はふたつ、夫と私、そして娘と娘の友だちに分かれて寝ます。夫

と布団を並べて、娘が小さいころ行ったいろんな場所のことなどたくさん話しました。

「俺は子育てでやり残したことない。やり尽くしたよ」

という夫の言葉に、本当にその通りだ、この人と子育てをできてよかったと幸せをかみ締めました。

翌日は娘たちを連れて千葉の海へ行きました。夫も水に入るつもりで水着を持ってきてはいましたが、「俺、やっぱりイヤだ」とやめていました。痩せている身体を見せたくなくなったのかもしれません。

その後皆、くたびれ果てて帰宅。

「もう、1泊が限界だわ。近場でないと無理」

と夫が弱音を吐いていましたが、夫だけではなく全員がうなずくほど疲れる行程でした。

8月初旬——すい臓がんのプロたちと話す

知り合いの伝手をたどり、3日の夜に某医大の消化器内科医K先生と消化器外科医H先生に食事会でお会いできることになりました。病院外で医師の忌憚のない意見を聞けるのは得難いチャンスです。夫はすでに自分の病気について興味がなく、「ああそう。行ってきな」という反応でしたが、私はどうしても聞きたいことがあったので勇んで会場となったカレー屋へ向かいました。

夫ががん発覚から1年過ぎても普通に暮らせていることは、おふたりに「すごいね」と言われました。

「すい臓がんが治ったという人はたまにいるようですが、どんな方なんでしょうか」

私の質問に、K先生は「治った人のなかには、誤診だったたというケースが結構ある。すい臓がんは実際はほとんど治りません。そのくらい難治性のがんです」と容赦ない答えが返ってきました。夫が治る道はないか、とわずかに希望を持っていたのですが、やはりそんな甘いものではないようです。

「でも、最近ステージ4のすい臓がん患者だった方が、手術をして回復したという記事を見つけました。ステージ4ではふつう手術はできないはずですが、どういうことなんでしょうか」

すい臓がんのことをいろいろ調べているうちに、見つけた記事のことを聞いてみました。そうするとおふたりから同じ答えが返ってきました。

「それは、すい臓の『神経内分泌腫瘍』の可能性が高いですね。これなら手術が可能で、転移も緩やかですから」

夫と同じすい臓がんといっても、おそらく夫とはタイプのちがうがんだと。

落胆しましたが、丁寧な説明をしてくださり納得できたことはとてもありがたかったです。

8月に入ってから夫は比較的体調がよく、背中の痛みで目が覚めるということはほぼなくなりました。がんの症状は、ただ一方的に悪くなっていくだけというより、悪くなったりよくなったりを繰り返し、長いスパンで見るとやっぱり悪くなっている、という感じでした。

5日、肩を揉んでという夫を少し待たせて作業し、リビングへ行くと夫が倒れていました。

「父ちゃん！　父ちゃん！」

焦って声をかけると「嘘〜」と笑いながら起き上がる夫。この「死んだふり」は何度もやられ、毎回騙されてしまいます。

「なんでそんなことするの？」と半泣き、半笑いで夫を叱るふりをしました。人によっては本気で腹を立てるかもしれませんが、私にはとても面白く、夫の好きなところのひとつでした。

翌日朝、定期検診で国立C病院へ。血液検査は良好で胆管の詰まりもありませんでしたが、腫瘍マーカーだけがジリジリと上がってきています。この数値はあまり気にすることはないとはいわれていますが、がん発覚以来右肩上がりで上昇しているので、どうしても私は気になってしまいます。

そしていつものように、夫はまったく気にしていませんでした。

8月22日——発熱、入院へ

21日の夜、夫が寒がるので熱を計ったら37・9度。風邪を引いたかと毛布をかけ暖かくしてから水分、ビタミンCなどを摂らせて寝かせました。翌朝早めに起きて様子を見に行くと、まだ熱い。熱は38・1度と昨夜よりやや上がっていました。

私はこの日、地方出張に行かなくてはなりませんでした。発熱している夫を置いて行くのは不安でしたが、パイナップルを食べたり水を飲んだり動けていたので、「何かあったらすぐに連絡して」と言い残し新幹線に乗りました。

新幹線のなかで、風邪ではなく胆管の詰まりによる胆管炎の可能性に気がつきました。慌てて夫に電話し、すぐに病院に行くよう促しました。

数時間後に夫から連絡がありました。

「胆管が詰まってると。明日から入院だって」

悪い予感が的中しました。でも即入院手術にならなかったのは、現状そこまで緊急事態ではないからでしょう。とりあえず夫は1日、家でゆっくり休むことになりました。

翌朝、夫の熱は下がりました。ホッとしましたが、胆管の詰まりが解消されたわけではありません。入院して、4日後の28日に胆管を通す手術をすることになりました。

元気になって暇なようで、夫は何度か電話をかけてきました。炎症が起きないよう、薬剤を入れた点滴をずっとしているそうです。

「手術まで帰りたいんだけど、点滴外せないから帰れないみたい」

痛みがないとき、夫は常に呑気でした。

「何か食べたりできるの？」

「いや、できない。でもお腹すいたから、コンビニで買ったいなり寿司をこっそり食べてる」

盗み食いとは、夫らしいです。深夜きたＬＩＮＥも「燃えないゴミ出しといて」というかにも夫らしい内容で、この日は和やかに過ぎました。

大変な事態に陥ったのは翌日。昼ごろお見舞いに行く予定で準備していたら、夫から「急に高熱が出てきてベッドから出られない」と電話がありました。胆管が詰まって炎症を起こし、40度を超える熱が出たそうです。

「叶井さん、病院食以外食べたでしょ」

医師から指摘され、さらに「家族に連絡したほうがいい」と言われたそうで、それを聞いて怖くなりました。盗み食いが原因で死ぬとしたら夫らしいけど、でもまだそれはない、いまじゃない。私は恐れながらも確信していました。

その後、熱は徐々に下がっていき、その度に夫から電話がありました。「すごく汗が出た」「もう36度台だから風呂に入りたい」と元気になっていく様子に胸を撫で下ろしました。

急性胆管炎で高熱のなか、なんだか明るい夫と娘のやりとり。

翌27日朝、「お腹が空いて死にそう。体重、56kgしかないんだよ」と弱々しい声で電話がかかってきました。でもまた胆管詰まったら大変だから、絶対に食べちゃダメだよと釘を刺しました。盗み食いを甘く見ていたのは私も同じなので、強く言い聞かせたつもりです。

でも数時間後に電話をすると、「こっそりワンタンスープ食べた」と白状してきました。

「は？　ダメでしょ食べたら。明日手術なんだよ」

「水分だからいいでしょ」

本当に懲りない人です。

8月28日から末日まで——手術、そして

胆管を通すための手術は14時ごろにおこなわれました。夫から電話

があったのは18時ごろ。

「いままでで一番痛い。金属ステント入れたときより痛い」

激痛を訴える電話でした。熱も39・8度と手術前は平熱だったのに上がっています。

「明日も痛かったらとってもらう。こんな痛いの耐えられない、食べられないほうがマシ」

夫がここまで言うのははじめてです。時間の経過と共に痛みは軽減していくと説明されていますが、あまりにも痛がるので不安でいっぱいになりました。

20時ごろ、熱も下がり痛みは少しマシになったと電話がありました。ホッとひと安心。夫の痛みや苦しみの増減と共に私の感情も大きく変化するので、気は休まりません。

「ココに電話かわる?」

私が尋ねると夫は、「かわらなくていいよ」と答えました。

「なんで？　声聞きたいでしょ」

「あいつも困るだろ。悲しませたくないのよ。大丈夫って嘘つきたくないし」

弱っていることを知られたくないのかな、と思ったらそれだけではありませんでした。やっぱり最高の父ちゃんです。

翌日、昼ごろに「痛くてつら過ぎる」とＬＩＮＥが来て、すぐに電話すると苦しげな声。出先にいた私は大急ぎでタクシーを捕まえ夫のもとに行きました。

病室に入ると、夫はベッドでぐったりとしていました。

「痛みがとれない。ねえ、こんなことして意味あるの？」

何度も弱音を吐く夫に、「痛みは絶対とれるから」と言い続けるしかありませんでした。

肩や首、手足を揉んだり腕を濡タオルで拭いたりすると気持ちよさそうで、来てよかったと私もうれしくなりました。

キャラメルを食べたがったので、ひとつ、口に入れてあげました。

「助かったよ」

いままでほとんど聞いたことがない言葉を、夫は口にしました。

「うん、また何度でも来るよ。早く帰っておいでね」

私は胸がいっぱいになり、夫の手を握りました。

私の帰り際、ゴミ出しのことを2回も念を押したのはいつもの夫でした。

夜にはモルヒネが入った強い痛み止めが効いて少し楽になったと連絡がありました。でも残念ながら、これはずっと効果が継続するわけではありませんでした。

30日は1日中夫は痛みに苦しみました。夜中にまた激痛で眠れなかったと連絡があったので心配していたら、手術した管の位置がずれている可能性がありレントゲンを撮ることになったと弱々しい声の夫から電話がありました。夜には40度まで熱も上がり、痛みが強過ぎてナースコールを押せないほどだと夫は私に話します。電話越しの私は何もできず、ともかく早く痛みが治ってと願うしかありませんでした。モルヒネの量を増やしてもらい、痛みが少し和らぐ↓しばらくしてまた激痛の繰り返しでした。

翌朝31日、私に病院から電話がありました。造影剤を入れ検査した結果、手術は失敗して胆汁が漏れていると告げられました。明朝、再手術だそうです。

この日も痛みは少し治ったりひどくなったりを繰り返しました。早く明日になって手術が成功しますように。

COLUMN

私だけが泣いていて それを笑っていた夫

生来涙脆いのもあるかもしれませんが、夫の病気がわかって以来、私はしばしば泣いてしまうことがありました。子どもにはなるべく泣き顔を見せないようにしましたが、夫の言葉や行動に気持ちが揺れてしまって、夫の前では不意に涙が出たりします。

夫はそれを見て、「なんで泣いてんの」と聞いてきました。

「泣いても仕方ないでしょ」

「そうだけど、悲しいから涙出ちゃうんだよ。あんたはなんで泣かないの」

「悲しくないし。泣いたら治るなら泣くけどさ」

やりたいことはやったしいつ死んでもいいから、と夫は淡々と言います。私のほうがいつまでもあきらめがつかずめそめそしていました。夫は私が泣くのを、「まだ泣いてるの」と笑うことさえありました。

でも、そういう夫のおかげでずいぶん楽だったと思います。「死にたくない、なんとしても生きたい」と言われるのは、家族としてそれを叶えてあげられないことが、もうひとつ苦しみとしてのしかかってきてしまったでしょうから。

第3章 最期の誕生日

倉田真由美
@kuratamagohan

私の夫はすい臓がんを患っています。

診断を受けたのは最近ではありません。昨年です。いつかお伝えすることになるだろうとは思いつつ、一年以上が経ちました。今も、逡巡はあります。だって、普通に暮らせているから。夫は寝つくことなく今も毎日会社に行っているから。公表することで何か変わってしまうのも怖かったし、対応に困る人も出てくるんじゃないかと心配だったから。

しかしこの度、夫が膵臓がんをカミングアウトした対談本を出すのでこの機会に公表することになりました。夫は私と違って診断直後から周囲の人に「癌になっちゃったよー」と言いふらしていたので、夫の仕事関係の人で知らない人はいません。

対談を引き受けてくださったのは、夫の口からお名前を何度も聞いたことがある本当に夫と関わりの深い方ばかり。暗い雰囲気になりそうな状況にも関わらず、とても明るく温かい本になりました。

膵臓がんという難病にこうやって対峙する人間もいる、多くの人に読んで知っていただきたいと思います。

13:04 · 2023/10/11 · **46万**回表示

74　321　3074　89

2023年9月1日――再手術、その後

午前中、病院から手術の報告があるはずなのに午後を過ぎても連絡がなく、そわそわしていましたが、午後2時ごろになって夫から「手術成功した、痛みもほとんどなくなった」と報告を受けました。

よかった！　いい報告は、何度目であろうと毎回飛び上がるほどうれしいです。

詳細を聞くと、失敗した最初の手術は私と面識のない医師で、今回再手術を執刀してくれたのはいつもステント交換手術をしてくれる主治医のF医師。なぜ今回ちがう医師の執刀になったのか病院の事情はわかりませんが、「最初からF先生がやってくれていたら」と思わずにはいられませんでした。ズレたステントにより漏れた胆汁が、腹部にまで広がっ

ていたそうです。

夕方見舞いに行くと、夫はベッドに座ってパソコンを広げ、仕事をしていました。

最初の手術のあとから腹部に管を通し、胆汁を外に排出していたのですが、前日まで黒と緑が混ざった濃い色だったのが、いまは黄色っぽく透明度が高くきれいになっています。

巡回に来た看護士さんから、「叶井さん、絶対に食べちゃダメですよ」と釘を刺されました。夫が盗み食いをしたこととの情報共有がされているようです。引き出しにキャラメルとグミが入っていたので、持ち帰ることにしました。

その数日後、手術痕が痛んだり発

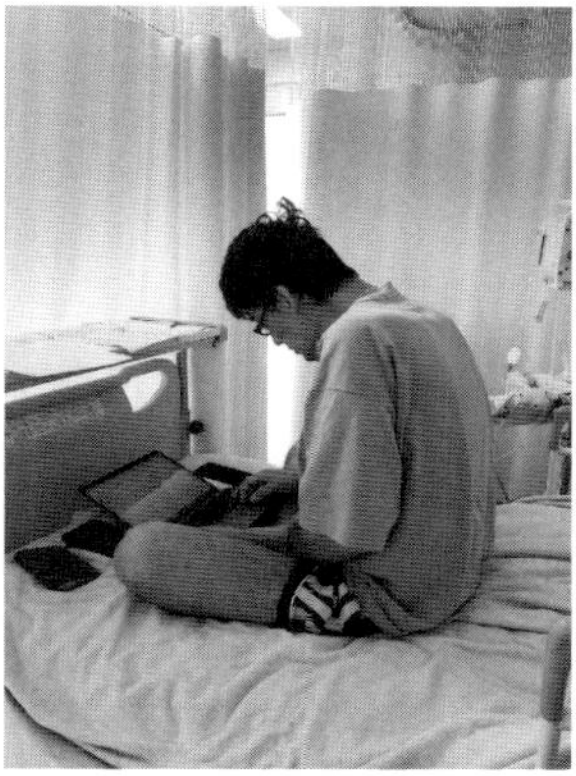
病室のベッドの上で仕事をする夫。

熱したりを繰り返しましたが徐々におさまりました。私は毎日見舞いに行き、リクエストされたものを差し入れしたり手足を揉んでやったりしました。人と会わず退屈なのもあったのでしょう、「まだいてくれよ」と毎回なるべく長くいてほしがりました。元気なころにはまったく見られなかった人恋しい様子に、病気とは肉体以外も変えるのだなあと思わされたものです。

まだしばらく退院はできません。このあともう一度、体外に胆汁を管で直接排出しているのを、体内に入れる手術をしなくてはなりません。

9月7日——新しいステント挿入手術

再手術以来、夫の体調は回復の兆しが見え夜も眠れるようになってきました。

がんについては主治医から、がんは広がってしまっているがひどく悪化している所見はないと説明を受けました。

7日に新しいステントを挿管し、12日に管を体内に入れる手術をしたら今回の手術は終了です。成功すれば10日後くらいには退院できるようで、夫は浮き足立っています。

7日の午後、夫から電話がありました。

「手術失敗した……」

「え⁉」

「嘘～」

夫がいつもの冗談を言って笑いました。挿管手術はうまくいったようです。

翌8日から夫のたっての希望で病室を個室に変えました。差し入れを持って行ったとき、自分で食べられるのに「食べさせて」と甘えたりすることがありました。むいた梨などひと切れずつ口に入れてやりながら、私は夫の変化をまたひとつかみ締めていました。

10日の夜、夫と電話で娘が友だちとお祭りに行ってなかなか帰宅しないという話をしたら、

「あんまり怒んないであげて」

と言われました。夫はいつも、私が娘に小言を言おうとするのを諫めます。

このころ、夫の体重は63kg。最初の手術の前には56kgまで落ちていたのが、かなり戻りました。

9月12日——最後の手術のはずが

午前11時から手術の予定でしたが、14時半を過ぎても電話がつなが

りません。ジリジリしながら連絡を待ちました。

15時半になり、夫から苦しげな声で電話がありました。

「手術失敗した。まだ管はついたまま、痛いしきつい」

今度は冗談ではありませんでした。急いで病院に行くと、ベッドで寝そべった夫は苦悶の表情で、頭に触れるとかなりの発熱を感じました。引き出しから体温計を出してきて計ると、39・6度もありました。パッチに溜まった胆汁は、黄色くきれいになっていたのが再び黒っぽく濁っています。

「コーラ飲みたい」

夫が苦しげな息のもとで言うので買ってきて飲ませると、「ああ美味しい」と震えながら呟きました。

「ママがいなかったら死んでたよ」

「そんなわけないでしょ。まだまだ死なないよ」

夫の弱気な言葉を聞くと、いつも怖くなります。こんなことを言う人ではなかったから、余計に。

しばらくして主治医であるF先生の回診があり、手術に関しての説明がありました。

「手術はうまくいきませんでした。昨日よりも状態は悪化しています。古いステントが新しいステントと絡んでしまい、新しいステントも位置がズレてしまいました。胆汁が漏れて炎症が起き、発熱している状態です」

「再手術ですか？」

「はい。時期は未定ですが」

「とても痛くて苦しいみたいなので、なるべく早くお願いします」

懇願が聞き入れられるかどうかわかりませんが、藁にもすがる思いで訴えました。

ちなみに今回執刀したのは、またしても最初の手術で失敗した医師でした。ステント交換も毎回成功し一度目の手術の失敗もとり返してくれたF先生にお願いしたい、と手術前にひと言伝えれば結果はちがったのか……考えても仕方がないことですが、どうしても釈然としない気持ちが残ります。

回診が終わり、よちよち歩きの夫を支えてトイレに連れて行きました。ベッドに戻り力なく横たわる夫に、冷えた小さなみかんをむいてあげました。ひと房ずつ口に入れると、美味しそうに完食しました。

18時ごろ帰宅し、家事にバタバタしていると19時ごろ夫から電話がありました。

「痛くて痛くてもう死にたい！　飛び降りるから10階に向かってる」

仰天しました。

「痛み止め入れてもらおう。ちょっとだけ落ち着いて」

宥《なだ》めましたが、ともかく熱の苦しみより手術の失敗による体内の状態、その痛みが耐え難いようです。そのうち看護師が夫を止めに来た様子が電話越しに聞こえてきました。私は何もすることができません。

昨日、手術の前まで元気で家族旅行に行く話をしていたくらいなのに。いつの間にか電話は切れていました。

その後しばらく夫に電話をかけたりＬＩＮＥを送ったりしていましたが、反応はありません。21時ごろになって、病院から電話がかかってきました。

「いまの叶井さんは、痛みが辛いことでかなり強い希死念慮があります。ご家族がいつ来てもいいように許可をもらったので、いますぐ来てもらっても大丈夫です。危険なので、監視のため部屋にカメラもつけさせてもらいました」

夫を止めてくれた看護師からそう告げられました。

その少しあと、夫からも電話がかかってきました。

「少し落ち着いた。でもまだ痛みがひどくて横になれないからずっと座ってる」

「いいから私、行こうか?」

「いい。ココが家でひとりになっちゃうから来ないで」

そう言われると、私も動けません。

結局夫は激痛で横たわることも眠ることもできず、椅子に座ったままひと晩過ごしました。どんな体勢でも痛いけど、座っているのが一番マシだったそうです。

「我慢できなくて電気コードで首吊りの練習した」というのも、翌朝聞きました。

こんな状態で長く過ごすことはできません。

午後見舞いに行ったとき、F先生が来て明日再手術になったことを告げられました。夫が痛みを我慢できない人だったことで、事態が早く動いたのかもしれません。

今度の手術はF先生が執刀してくれることを確認し、私は帰途に着きました。

9月14日——再手術、これが最後になるか

夫とは朝から何度も連絡をとっていました。朝には38度だった熱が、昼には39度まで上がりました。

「怖いよ」

夫は何より、発熱のせいで手術ができなくなることを恐れていました。私もそれは同じでした。

その後しばらく連絡がつかなくなりましたが、17時ごろ夫から電話が

ありました。麻酔の影響か少し朦朧とした様子でしたが、「成功したみたい」と第一声が。

「よかったー。よかったよ。痛みは？」

「ないよ。大丈夫。管もとれてる」

久しく聞けなかった、落ち着いた声音でした。私はうれし泣きをしてしまいました。

夫の闘病生活のなかで、この手術失敗のときの痛みが最もひどくつらいものでした。外科手術は効果も大きいけど、失敗したときのダメージもとても大きいことを知る出来事でした。

翌日見舞いに行くと、「どこも痛くない！」と一昨日までとは別人のように元気な夫がいました。シャインマスカットと梨、そして夫のリクエストで大好物のケーキ・サバランを持って行きましたが、それを喜んで食べました。

足をマッサージしているとウトウトしていたので、そっと帰り支度をはじめたら、「まだ帰らないで」と呟くようにいわれました。

「わかった。まだいるね」と夫が寝つくまでそばにいました。

この夜また38度まで発熱し少し腹痛も起きましたが、「絶対に退院したいから、医師や看護師には話さない」と、隠し通したそうです。

9月17日——誕生日前日

9月18日は夫の56歳の誕生日です。

元気を取り戻した夫は誕生日前日の17日、外に出て病院の敷地内を散歩しようとして入口にいる警備員に止められたそうです。

「あなた、入院患者でしょ?」

「そうだけど。いいじゃないの、散歩したいんだから」

「いや、建物の外に出たらダメですよ」

お見舞いに行ったとき聞いた、夫らしいエピソードに笑いました。痛みで死のうとしていたのが嘘のようです。

「明後日退院だけど、明日一時帰宅申し出てみるよ。誕生日、ココと過ごしたいからさ」

看護師に話したときの感触はよかったようで、夫はすっかり一時帰宅できるつもりでいました。このときは私もそう思っていました。

でも「コロナが流行っているから」という理由で夫の一時帰宅は認められませんでした。

期待していただけに、夫の落胆は大きかったです。もともとイベントや記念日好きな夫、最後になるかもしれない誕生日を自宅で娘と過ごしたかった気持ちは痛いほど伝わりました。

9月18日——56歳になれた！

誕生日当日、ケーキを持ってお見舞いに行きました。がんがわかったときに宣告された余命では56歳までは生きられなかったはずで、昨年の誕生日は「今回が最後の誕生日かも」と落ち込んだりもしたので感慨深いものがありました。

昼までは元気でしたが夕方ごろから37・5度まで発熱しました。このころは夕方から夜にかけて熱が出るというのを繰り返していました。ただ、炎症を起こしていたときの39度を超えるようなことはほとんどありませんでした。

9月19日——とうとう退院、帰宅

1カ月近くに及ぶ長い入院がやっと終わりました。

「俺がいないと散らかるなあ」

午前中家に着くや否や、夫はフローリングワイパーで掃除を始めました。久しぶりに家のなかにいる夫のシルエットはぐっと細く、痩せて見えました。

その後「お腹は空いてない」と、昼食を食べずに会社に向かいました。仕事が大好きな夫は、家にもですが一刻も早く会社にも行きたかったようです。

さすがに早めに退社、帰宅して、夕食は夫がリクエストしたそうめんと枝豆、デザートに梨。食卓では娘とワーワー楽しそうに騒いでいました。

皿洗い、もともと夫の担当ですが、この日もしっかりこなしていました。

9月20日――LINEグループ

朝から洗濯をしたりゴミをまとめたり、しなくてもいいよと言っているのに夫は家事をします。時折「がんばれ、がんばれ」と自分で自分に声をかけているのが聞こえました。

食欲は入院前ほどにはなかなか戻りません。それでも朝、昼、晩、フルーツやパンなど食べたいものを少しでも食べるようにはしていました。

夜にお茶漬けを食べながら、「ＬＩＮＥグループ抜けた」と夫が言いました。

「どうして?」

「『あれががんに効く』『これで治る』とか、いろいろ言われるのを見たくないんだよ。もう治らないのに」

皆、よかれと思って教えてくれているんでしょうが、夫には重荷だったようです。

朝方5時ごろ、トイレに起きたら夫が便座に座っていました。

「お腹が痛くて目が覚めた」

用をすませたあと、座椅子に座った夫の背中とお腹を撫でてあげました。

何度も手術をしたりしたので仕方がないのでしょうが、退院後明らかにガクンと弱りました。

「フラットなベッドで寝ると、お腹が張って苦しい」

と、夫はこのころからリビングの座椅子で寝る日が多くなりました。

9月23日——サンマ1匹完食！

朝食にあんぱんとバターを塗ったバターロール。もう少し栄養バランスよくたんぱく質も食べさせたいのですが、言いたいことを我慢して夫がリクエストしたメニューを出します。

夫は仕事のあと、好みのサメ映画を観て帰ってきました。

「食べられるかも」というので、夕食にサンマの塩焼きと肉じゃがを出したら肉じゃがを少し、そしてサンマは丸ごと1匹完食できました。この調子でいろんなものを食べられるようになってほしいなあ、と喜んでいたら夜中にお腹がしくしく痛み出してしまい、私はまた身体を撫でたり揉んだりしました。

「もう死にたいな。思い残したこと何もないよ」

夫の言葉に、「弱気になってるね」と慰めの気持ちで言いました。

「……いまはね。お腹が痛いのが治ったら元気になるよ」

健気な答えに、私の胸は詰まり、肩を揉みながら涙が流れそうになるのを我慢しました。

9月24日——夜の散歩

夜にどこか調子が悪くなることはあっても、朝、昼はたいてい元気な夫。日曜日なので昼食後、夫は映画を2本も観に行き、疲れ切って帰ってきました。

夕食はまたサンマと肉じゃが。気にいると、しばらく同じものを食べたがります。

食後に珍しく夫が、「ちょっと歩きたい。ママも付き合って」と言い出しました。手をつなぎ、私を杖代わりにしてよいしょ、よいしょ、と自宅周りの一角を一周しました。

部屋に戻り、「ちょっと寒い」と、夫が床暖房をつけました。まだ9月、私は暑いくらいです。夫は肉が落ち、極端に寒がりになってしまっていました。

「最期は緩和病棟に入ろうと思ってたけど、家がいいな」

耳かきのために、私に頭を預けた夫が言いました。

「もう病院は絶対イヤだ。入院は二度としたくない」

以降、この決断は決して変わることはありませんでした。

9月26日——夫の後ろ姿

夫の本『エンドロール！』※の表紙案がいくつか上がってきました。ふ

※『エンドロール！』
叶井俊太郎、最後の対談本。鈴木敏夫を筆頭に、奥山和由、Kダブシャイン、ロッキン・ジェリービーンなど、15人の文化人たちと余命半年について語りあった。

たりで一緒に見て、「断然これだね」と意見が一致したのが、実際に表紙になった夫の後ろ姿の写真です。

　子どもと並んで歩く夫のあとをついて行くとき、肩や背中を揉むとき、もしかしたら正面よりも眺めていた時間が長い夫の後ろ姿。私にとっては格別、胸に迫るものがありました。

　とてもいい本、いい表紙になったと思います。

　夜、近所を散歩しているときに、「あんたと結婚してよかった。あんたの世話ができてよかったよ」と夫に言いました。思わず口をついて出た言葉に、自分で泣きそうになりました。

　夫は「うん」とだけ答えました。

『エンドロール！』の表紙そのままのクッキーを、夫の学生時代の友だちが焼いてくれた。

10月1日——揺れ動く気持ち

朝起きたら、夫はカップうどんを食べ終わったところでした。そんなことしたらあとで腹痛が起きるんじゃないかと心配していたら案の定、昼ごろ何度もトイレにこもっていました。

昼食は卵粥と焼肉、夜はまたサンマの塩焼き。日曜日なのもあり1日中家にいて、私は何度も肩や足を揉んだりお茶を入れたり果物をむいたりしていました。

でも、私も四六時中やさしい気持ちでいられるわけではありません。たとえば私は、ずっとテレビがついている状態が嫌いです。だけど夫は起きている間中、テレビ番組や映画を観ています。いまは夫優先なので何も言いませんが、同じ部屋にいるとどうしてもイライラしてしまうことがあります。

そしてそういう感情は、隠そうとしても言葉や行動の端々に出てしまうものです。24時間やさしくしたいのに、できないときがある。あとで後悔するんですが、つい小言めいたことを言ってしまったり、同じようなことを繰り返してしまいます。

夫の変化にも、戸惑っていました。病気の進行と共に、少しずつ昔の俊太郎とは変わってきています。とくに前回の入院以降、一気に変わりました。弱気な夫はかわいらしいとも感じるんですが、同時に本来の彼らしいドライさ、強気さ、能天気さが形を変えていくのは寂しいものがありました。

肩を揉みながら、今夜はもう、早く別の部屋でひとりになりたいと思ってしまいました。

10月2日——黒い影

午前中、定期検診。待ち時間に夫が「これ観て」とスマホで見せてきたのが「死の間際の人は、黒い影を見る」という動画でした。

「俺、見るわ。黒い影。あんたかと思ったら影だった、ってことある」

不吉なこと言わないの、と諌めましたが、夫は妙に共感しているようでした。

血液検査の結果は今回も良好でした。ただ、やっぱり腫瘍マーカーだけが高くなっています。

「がんが、すごく大きくなっているということはありません。肝臓に影はあるけど、胃や肺には散っていません。腹水も心配ないですね。肝臓の影が転移なら、現在のステージは４ｂということになります」

外科医のS先生は肝臓の転移についてほぼ間違いないと断言していましたが、F先生は比較的慎重な言い方をします。

すい臓がんステージ4b。とうとうここまで進んでしまいました。でも夫は相変わらずステージなどまったく気にしていませんでした。

普段、よく起きる腹痛のことを聞くと、消化の問題だろうと言われました。少しずつ食べるように指示されましたが、夫が守れる気はしません。

夜、また腹痛。お粥を食べ過ぎたのかも。F先生に言われたばかりなのに、しっかり食べさせたいという気持ちでつい多めによそってしまいます。

10月4日――「もうさよならだね」

雨が降りいきなり涼しくなりました。夫は会社に行くかどうか悩んでいましたが、行かないでメールと電話で仕事をこなすことに。

仕事、そして会社も大好きな夫、元気なときは何か理由があっても出社しないなんて考えられませんでした。状態よくないのかなあ、と心配になりましたが、朝、残りもののカレーに生姜をすりおろしてつくったスープをおかわりして、食欲はある様子で少し安心しました。

肩を揉んでいるときに、「骨と皮だからこんなになっちゃったよ」と自分で太ももを引っ張って見せました。ビローンと皮が伸びて、肉が落ちてしまっているのが改めてわかります。

夕食後、デザートに出した小さめに切った梨を半分残しました。いままでなら完食している量です。やはりだんだん、食べられなくなってきています。

「やばいよ、体重」

久しぶりに自分から体重計に乗った夫が、私を呼びました。58・1kgしかありません。

「これじゃあ立ちくらみするはずだ。もうさよならだね」

この「もうさよならだね」は、私を動揺させるため、冗談のひとつとして、死んだふりと同じような意味合いで夫がよく使った言葉でした。

私は夫の痩せた身体を抱きしめて、「何か食べよう!」と泣いてしまいました。

それだけ痩せたら相当体力は落ちているはずですが、「今日はゴミの日だよ」とゴミをまとめ始めました。少しでも動いてほしくて、私はそのまま夫にゴミ出しを任せました。相変わらず、夫は自分の仕事をさぼりません。出会ったころから、夫の美点のひとつだと私が尊敬しているところです。

夜中12時ごろ目が覚めてしまった夫が私を呼びました。暑くなったり寒くなったりを短時間で繰り返し、その度に窓を開けたりうちわであおいだり毛布をかけたりしました。

肩を揉んであげるととても気持ちよかったようで、「ママがいてくれてよかったよ」と言われました。

「私もよかったよ、あんたの世話ができて」

と答えました。

10月7日――いますぐ死ぬボタン

ここ数日は食欲もあり体調もいい日が続いています。でも、体重はまったく増えておらず58・1kg。

「いますぐ死ぬボタンあったら押す?」

夫の気持ちを確認したくて何度か聞いている質問です。

「押す。痛いのイヤだもん」

夫は即答。

「未練ないの?」

「何もない」

初期からまったくブレていません。「お前たちが心残りだ」というのもない、残される身としてはちょっと寂しいですが、未練がないと言い切ってくれるある種の潔さに救われる部分はありました。

夜、私は何度も繰り返し読んでいる作家の山本文緒さんの最期の日記『無人島のふたり』を読み返しました。彼女は2021年4月に夫と同じすい臓がんが判明し、同年10月に亡くなっています。同じ病気だからといって同じ経緯を辿るわけないんですが、「ここは夫と同じ」「ここは全然ちがう」と参考図書のようにして読んでいました。

たとえば山本さんも夫も、元気なころ果物をほとんど食べなかったのに病気になって好んで食べるようになったというのは同じです。病んだ身体が、果物の何かを求めるのかもしれません。

山本さんはがんが判明してすぐに抗がん剤を使っています。でもそれが合わず、がんで死ぬより先に抗がん剤で死ぬと思ったほどの苦しみだったため一度きりでやめたそうです。

10月9日――「薬、全部やめる」

夕食、久しぶりに夫が大好物の「あんかけパリパリ麺」を食べたがったのでつくったら、ほぼ一人前を完食できました。少なめにと言われているけど、好物のメニューをしっかり食べてもらうのはうれしいです。

手足を揉んでいると、

「ありがとな」

元気なころには使わなかった言葉を、元気なころとはちがう口調で言いました。感謝の言葉であっても、夫が弱気になっている気がして私はただつらくなります。

「そんなこと言わなくていいんだよ」と、頭を抱いて撫でてあげました。

体重は59・6kg、少し増えたけどなかなか60kg台には戻りません。「体重はもう増えない」とS先生には言われたものの、どうしても希望を持ちたくなってしまいます。

夫が不意に、「最近ずっと怠《だる》いしぼんやりするの、薬のせいかも」と言い出しました。現在飲んでいるのは痛み止め（麻薬系）、痛み止めによる便秘解消の薬、そして睡眠薬です。確かに、影響がありそうです。

「そうだね。痛くないなら、飲むのやめたら」

「うん、明日からやめてみるわ」

夫は翌日から一切薬を飲まなくなりました。

そして実際、翌日すぐに、

「今日は調子がいい。久しぶりに仕事に集中できた！」

と連絡が来ました。ここしばらく夫が弱気でどんよりしていたのは、病気のせいだけではなかったようです。

夫の元気がいいと、それだけで私も元気になれます。

10月11日——Xですい臓がん告知

「私の夫はすい臓がんを患っています。

診断を受けたのは最近ではありません。昨年です。いつかお伝えすることになるだろうとは思いつつ、一年以上が経ちました。今も、逡巡はあります。だって、普通に暮らせているから。夫は寝つくこともなく今も毎日会社に行っているから。公表することで何か変わってしまうのも怖かったし、対応に困る人も出てくるんじゃないかと心配だったから。

しかしこの度、夫が膵臓がんをカミングアウトした対談本を出すのでこの機会に公表することになりました。夫は私と違って診断直後から周囲の人に「癌になっちゃったよー」と言いふらしていたので、夫の仕事関係の人で知らない人はいません。

対談を引き受けてくださったのは、夫の口からお名前を何度も聞いたことがある本当に夫と関わりの深い方ばかり。暗い雰囲気になりそうな状況にも関わらず、とても明るく温かい本になりました。

膵臓がんという難病にこうやって対峙する人間もいる、多くの人に読んで知っていただきたいと思います」

夫のすい臓がんをXで公表しました。

たくさんの方々から励ましの声、「私も身内が」「私自身が」と共感の声をいただきました。夫の病気のことをごく近しい身内と友人にしか伝えていなかった私にとって予想外の感動で、また、知られることによって下りる肩の荷もあることを知りました。

10月14日――娘と買い物

夫と娘が連れ立って娘の服を買いに行きました。

娘の服は、娘が小さいころから服好きの夫が選んで買っていました。

最近は娘も選ぶようになったようですが、どんな店でどのように選んでいるのか私はほとんど聞いておらず、何を買ったかあとで報告を受けるだけです。

「ゆっくり歩いてたら、『父ちゃん、きついなら私の肩につかまってていいよ』って言われたよ。だから、ココの肩につかまりながら歩いた」帰宅した夫から聞きました。「やさしい子に育ってるよ」夫はうれしそうにそう続けました。

10月18日——調子の波

調子がいい日と悪い日が交互にやってきます。

前日17日は『エンドロール！』の予約状況がいいと喜んでいて体調もよかったのですが、18日は「インタビューでくたびれた」と疲れた様子でタクシーで帰ってきました。

マッサージをしてあげると、「気持ちいい。このまま死にたいな」と怠そうでした。薬をやめたからといって、完全にしゃっきりするわけではありません。すい臓がんステージ４ｂの身体なのですから、むしろいまのように動けて話せるのが奇跡のようなものです。

「怖いよ」

夫がポツリと言いました。あまり聞かない言葉に、私は狼狽えました。

「何が怖いの？　痛いこと？」

「痛いのもだけど、治らないこと」

返す言葉が見つかりませんでした。

10月25日——自転車の災難

娘の自転車が盗まれてしまいました。折悪《おりあ》しく私が出張中で、夫が娘と自転車を探しに行ったり、交番に盗難届を出しに行ったりしてくれました。でも、自宅から盗まれているしもう出てこないだろうなあと私も夫もあきらめモードです。

その後、自転車でよそ見運転をしていた男子中学生が歩いていた夫にぶつかって夫が転んで脚を怪我したり、なかなか大変な1日でした。

10月26日――『エンドロール!』

夕方早めに帰宅した夫と娘で、娘の自転車をタクシーで買いに行きました。盗難届を出しているので、保険が下りて少し安く買うことができました。

家に帰ってきて、夫は娘に「新しい自転車うれしい?」と何度か聞いていました。娘が喜んでいることがうれしいみたいです。

製本された『エンドロール!』が届いたので、パラパラめくりましたが、いろんな感情が渦巻いて目頭が熱くなってしまいました。まだいまは読めないな、と本を閉じました。

前日の自転車事故で負った怪我のため歩きにくそうだったので、風呂まで夫を支えて歩きました。外傷ではなく打ち身だったので湿布を貼っていたのですが、それを剥がしてあげるときに「あー！」と大袈裟な悲鳴を上げて私を笑わせました。この人はどこまでもユーモアが残っている、こういうところが本当に好きだなあとしみじみ思いました。

風呂から出たあと、「洗濯物干すの、お願いしていい？」と夫に言われました。洗濯はずっと夫が担当している家事です。

「ごめんな」

「謝らなくていいんだよ。なんにもしなくたっていいんだから。父ちゃんは無理なくできることだけ、やりたいことだけやればいいんだよ」

「ありがとう」も「ごめん」も、夫の口から聞くのはつらいです。もっと図太く、図々しい夫でいてほしいのに。

10月30日——定期検診と寿司ランチ

血液検査結果、良好。今回はじめて緩和ケアの医師ともお話ししました。さまざまな漢方と、いざというときの痛み止めを処方してもらいました。

病院を出て自転車で帰宅中、「寿司を食べたい」という夫と、道中にあるチェーンの寿司店へ。ここで夫はかなりヤンチャをしました。ランチの寿司15貫と白海老の天ぷら、カニ味噌、ウニの軍艦巻き、そして茶碗蒸しを完食。食べ過ぎだから、と何度も止めましたが「お腹が空いてるんだよ」と止まりません。

案の定、会社に行ったあと程なくタクシーで帰宅してきました。歩けないほど苦しかったそうです。

10月31日——久しぶりの発熱

昼過ぎにタクシーで帰宅。『エンドロール!』やすい臓がんに関する取材を3つこなしてクタクタになっていました。

マグロの刺身とお粥を食べさせたあと、マッサージをするとなんだか身体が熱い。熱を計ると38・8度もありました。みかんをしぼってみかんジュースを飲ませ、毛布にくるまった夫をマッサージしました。夫はウトウトし、そのまま寝ました。眠って休んでくれるのが、一番安心です。

日が暮れる前に起き、熱を計ると37・4度。リクエストされていた小さなイクラ丼やマグロ、イカの刺身を食べてデザートにはプリンも食べました。このまま熱が下がってくれるといいですが。

夕食後、肩を揉んでいると、小さな声で「父ちゃんがんばれー。がんばれー」と自分にエールを送っていました。

健気さに胸を突かれ、私は泣きながら肩を揉みました。

11月4日——甘いもので生きている

昼ごろ、某駅改札で会社帰りの夫と待ち合わせ。昼食にマグロ丼を食べ、その後「ふわふわのついたサンダルが欲しい」という夫と、『ワークマン』に行きました。駅から20分ほど、私の手を杖代わりにしてゆっくり歩きました。

服が大好きな夫は、「あれもほしい」「これもいる」と、肌着やルームウェアなども買い込みました。痩せて体型が変わったので、以前の服では着られないものも多いのです。

帰り道、ひと切れ1000円もする有名店のフルーツサンドをいくつか買い、ひとつを店の前に座って食べました。

「うまいが、これが1000円か……普通のでもいいな」

とはいえ、美味しそうに食べていました。

「ケーキも食べたい」と、うちの最寄駅前の洋菓子店でケーキもいくつか買いました。スイーツにかかったお金のほうが、服代よりも高かったです。

夕食はいつものマグロ、イカ刺とお粥。デザートにサバランとシュークリームを食べていました。心配していた腹痛はこの日は起きませんでした。

マグロ丼を堪能する夫。しっかり完食した。

11月7日——トークイベント

「夜のトークイベント行きたくないなあ。何も話したくないし、人に会いたくないのよ」

以前の人前で話すの大好き、イベント大好きな夫からは考えられない発言です。でも主催側がどうしても夫に出演してほしいらしく、17時半ごろ車で迎えに来ました。

直前まで「あー、行きたくない」「早く帰るわ」と言っていましたが、なかなか戻って来ず23時ごろになって「楽しかった」と帰宅しました。夫がこんなに遅く帰ってくるのは久しぶりです。

「客、100人くらい来て盛り上がったよ。疲れたけど」

そうなるんじゃないかなとは思っていましたが、案の定、充実した時間になったようです。いい疲れ方ができた日でした。

11月11日——久しぶりの映画デート

結婚前はたびたび行ったのですが、もう何年も一緒に映画館に行くことはありませんでした。でも、「ひとりで観るのは不安だから」という夫に誘われて六本木に『ゴジラ-1・0』を観に行きました。

ポップコーンバター多め、コーラのラージサイズを手に映画館に入りました。夫は途中ウトウトしていましたがトイレにも一度も行かず、最後まで観られました。

もっとふたりで映画を観に行ってもよかったなあ、といまさらですが思いました。

11月13日――なんだか黄色い?

「会いたいってやつが多くて困るんだよね。こっちはもう会いたくないのに」

　夫が愚痴を言いました。

「昨日も元部下から『来月から海外勤務なんです、最後にお礼を伝えたいから食事でも』って連絡来てさ。いやもう、電話でいいじゃんって」

　このあたりから、夫は普段会わない知人や友人に自分の病状をより重く、悲惨なもののように伝えていました。「もうほぼ寝たきりだし家を出られない」という極端なことを言い、ひどく心配されることもあったようです。「誘われるのが面倒、なるべく人に会いたくない」という夫の、夫らしい方便でした。

おやつに夫が大好きな店のクレープを出したら、喜んで食べました。その様子を見ていると、夫の肌が少し黄色いような気がしました。まさかまた黄疸……？

指摘すると、「早く死にたいからちょうどいいよ」と、こともなげな返事が返ってきただけでした。

11月14日——『AERA』取材

朝から夫婦で雑誌『ＡＥＲＡ』の取材。電車は混んでいて座れませんでした。夫はバッグにヘルプマークをつけていますが、誰も気にしないし、気づかないようです。

写真撮影で、「ここに座ってください」と座った場所とちがうところに座るよう指示されたとき、

「一度座ると動くのきついんだよ」

と、苦言を呈して動きませんでした。元気なころは「いいよ。ここ?」といくらでも動いていたと思います。尖った、少し機嫌の悪い夫、家では見たことのない夫でした。とはいえ取材を受けていろんな質問に答えていくうち、いつもの陽気な夫が戻ってきました。

夜は自宅で生配信の番組にオンライン出演。

「末期がん患者にこんなことさせるなよ!」

と、笑いをとっているのが聞こえてきました。

11月17日――プチ同窓会

一対一だったり、あまり親しくない人と会うのは面倒くさがっていた夫ですが、「高校時代の仲間たちと会ってくる」と昼ごろ会社から戻って、すぐにまた出て行きました。皆さん、うちの近所の喫茶店まで来てくれたそうです。

「懐かしかった！　40年ぶりだよ」

楽しかった、と数時間後に帰宅しました。昔いろいろやらかしたことを思い出して、大笑いしてきたそうです。お土産に、夫の好きなスイーツもたくさんいただきました。

「じゃあ、また会社行ってくる」と再び家を出ていった夫。本当に働き者です。

肌の黄色味は増しています。黄疸なのは間違いなさそうですが、20日の定期検診までは放っておくつもりのようです。

11月20日——やはり黄疸

定期検診で案の定、黄疸を指摘されました。血液検査の結果、ビリルビン値は高いけれど炎症はまだほとんど起きていないと言われました。がんのサイズは5cmちょっと。思ったほど大きくなっているわけではないようです。

「ステント交換手術をしましょう」

また入院、手術に夫はショックを受けていました。前回から2カ月しか経っていないのにもう詰まっているとは、詰まりやすくなっているのかもしれません。日程は早いほうがいいと医師には言われましたが、夫の仕事、そして家族旅行の都合で手術は翌週28日になりました。

お昼はまた帰り道沿いにあるチェーンの寿司屋。「腹減った」と、握り10貫に中トロを追加していました。前回ほどではないですが、この日もまあまあ食べました。

夜、とても怠そうでした。肌は真っ黄色です。

黄疸の影響で身体が痒くなるので、背中を掻くのも私の役割のひとつになりました。

11月23日――発熱

祝日なので朝から映画を観てきて帰ってきた夫、触るとなんだか熱いので体温を計ると38・9度。え？　そんなにある？　わりと元気で、9度近くもあるようには見えませんでした。

炎症を起こしている可能性があるので抗生剤を飲ませました。

「旅行25日からだけど、行けるかな？」

私は、無理をしてほしくありませんでした。

「うん、行くよ。ココたち楽しみにしてるし」

場所は羽田で、いざとなればタクシーですぐ帰れるから大丈夫、と夫は言いました。

その後、熱があるのに寝ることもせず、洗濯を始めた夫。無事に熱が下がってくれるといいのですが。

11月24日——9度台から7度台に

翌朝熱を計ると37・5度に下がっていました。

「すごく汗かいたよ」

と、着替えていました。発汗したあとはいつも調子がよくなります。

翌日から旅行なので、大事をとって夫は会社を休み、私が会社にパソコンを取りに行くことになりました。

「晩ごはん、何がいい？」

「マグロ」

ここのところずっと、夜は刺身を食べています。元気なころはそれほど好きでもなかったのに、嗜好がかなり変わりました。

夜中、高濃度ビタミンC点滴をしました。通算100回以上している計算になります。効いているのか効いていないのかわかりませんし、夫も「何も変わった気がしない」といつも否定的でしたが、この日は「ちょっとすっきりした気がする」と言っていました。もちろん、夫の気のせいかもしれませんが。

点滴の際に見たお腹が真っ黄色で、その黄色さに私は改めて驚愕しました。

11月25日——いままで一番近場の旅行

娘とその友だち、私たち夫婦の４人で一泊旅行。行き先は、夫が旅動画で見つけたカレー、うどん、駄菓子が食べ放題、漫画読み放題のホテルです。

夫はホテルに到着するなり食べ放題のカレーをよそって食べていました。子どもたちは漫画を持って自分たちの部屋へ、私と夫は漫画スペースで漫画を読むことに。夫は熱も下がり体調は悪くなさそうです。

旅行といっても観光はせずホテルに泊まるだけですが、気分転換にはなります。夕食は皆でホテルの外で食べる予定でしたが、夫はカレーを食べたせいもあり「お腹空いてないし、疲れるから部屋で待ってる。なんか甘いもの買ってきて」と留守番。私と子どもたちで近くの町中華で夕食をとり、夫にはシュークリームをお土産に部屋に戻りました。

翌日の昼、夫が品川駅構内でサバの塩焼き定食を完食する姿を見て、やはり外に出るっていいなと再確認しました。

11月28日――ステント交換手術

肌が黄色くなりはじめて2週間近く経ち、やっと詰まった胆管を通すステント交換手術の日が来ました。14時ごろ、自宅で待つ私のもとに主治医で執刀医でもあるF先生から手術成功の電話がありました。

「でもがんが大きくなっているので、もしまた胆管が詰まっても次はステントを入れ替えられるかわかりません」

そうなったとき、夫はどうなるのか。想像すると怖いですが、ともかくいまは手術がうまくいったことを喜びたい気持ちです。

16時ごろ、夫から電話がありました。

「……失敗した」

「え？」

「手術失敗した……」

「いや、さっき電話があって、手術成功したって知ってるよ」

「あ、知ってんの」

また夫の悪い冗談です。でもやっぱり面白くて、私は泣き笑いで「よかったね」と何度も言いました。泣いていることは夫にも伝わってしまい、「なんで泣いてるの。泣かなくていいから」と言われました。

夜、暇なんじゃないかと夫に電話をしてみました。

「いま何してるの」

「シュークリーム食べてる」

「え、食べていいの？」

「さあ。ダメなんじゃない」

むしゃむしゃむしゃ。まったく、懲りないにも程がある……でも、どこにも痛みはないらしく安心しました。電話を切ったあと、今度は夫からかかってきました。

「なんか、肉食いたい。焼肉とか食えそう。魚、刺身はもういい」

一気に元気になってきた様子です。

「ラーメンもいいな。退院したらココと食べに行こうかな」

胆管が通ったおかげで、身体がまた変わったんでしょうか。ラーメンかあ……ちょっと心配ですが。

11月30日——退院

退院したらあれこれ食べると言っていましたが、当日は「あんまりお腹空いてない」と、病院を出るとそのまま会社へ行きました。怠さ、痛みもほとんどないようでした。

夜、夫の昔話を聞きました。知り尽くすことはできないけど夫のこと、過去のこと、すべて知りたいと思ってしまいます。

12月3日――とんかつ弁当とシウマイ弁当

朝からまたカップ焼きそばを食べた夫。さらに私が作った目玉焼きパンも食べました。ステント手術からの退院後、よく食べます。食後、階段掃除などをはじめました。

日曜日なので映画に行こうと思ったようですが、「寒いからやめた」と自宅で過ごすことに。私はテレビ番組の収録に行きました。

出先から夫に電話し、

「もうすぐ終わるから帰るよ。夕飯何食べたい？」

と尋ねると、

「昼にとんかつ弁当を食べて気持ち悪い。たい焼きも2個食べた。いまは何も考えられない」

と返事。食べすぎだよ！　と呆れてしまいました。

夕食は結局、私が仕事先から持ち帰ったシウマイ弁当になりました。好物なので、夫は少し残したけどかなり食べました。

10年ほど前、私の昼食として買った15個入りのシウマイを、「好きなだけ食べていいよ」とは言ったけど12個食べられたことを思い出しました。自分の分のシウマイ弁当は食べたあとだったのに。夫、あんなに食べていたんだなあ、と懐かしく思い出しました。

12月4日――お腹の張り

仕事で外出中、夫から「具合悪くて帰宅した。家で寝てる」とLINEがきました。慌てて帰宅すると、夫は起きて焼き芋を食べていました。すでにかなり回復したようです。

夕食は海老ピラフに目玉焼き、バターコーン。炭水化物多め。もっとたんぱく質やビタミンも摂ってほしいんですが。

夜、肩を揉んでいる最中に「うわ、きた！」と横になりました。いきなりお腹が痛くなることがあるようです。

腹部に触れると、やや張っている感じがします。まさか腹水？　怖いなあ……。

12月9日――体重増加

最近本当によく食べます。昼はイベント先で刺身定食を食べたという夫、夜に何を食べたいか聞くと「ケンタッキー」と即答。駅前にある『ケンタッキー・フライドチキン』に行き、夫のリクエスト通りのメニューを買って帰りました。

なんだか太ったように見えて、久しぶりに体重計に乗せると64・5kg！50kg台だったのが、一気に増えています。

喜びましたが、お腹を触るとかなり硬い。見た目はそんなに大きくなっていませんが、ともかく硬さがあります。

やっぱり腹水なのか……夫に内緒でこっそり腹水について調べました。気持ちが暗くなる情報がたくさん出てきます。

でも本人はとくに苦しい様子もなく、むしろ最近は食欲も元気もあり調子がいい日が続いています。

どうなっているんだろう……。

もやもやと新しい心配事ができてしまいました。

12月12日——テレビ出演の打診

夫のもとに『ザ・ノンフィクション』というテレビ番組出演の打診がきており、ディレクターのAさんと話をするために夫と私、連れ立って待ち合わせ場所の喫茶店に行きました。

「企画段階だから、まだ通るかわからない」ということでしたが、Aさんは夫の出演を熱望しているようでした。

「いやー、驚きました。とても末期がん患者とは思えないですね」

夫と対峙して、Aさんは驚嘆の声を上げました。

「声の出し方、目つき、表情、話し方、僕の知る末期がん患者とはまったくちがいます。本当にお元気そうですね」

私も同じことを感じていました。私の見たこと、会ったことのある末期がん患者は、夫のようではありませんでした。ひと息ずつ、ため息をつくような話し方だったり、声が細くなっていたり、サンプルが少ないのでたまたまかと思っていましたが、Aさんから見ても夫は格別タフな末期がん患者だったようです。

これは、抗がん剤を使ったり切除手術をしていないためなのか、夫に体力があるためなのか、何かが夫の身体にいい影響を与えてそうなっているのか、わかりません。でも現実、夫は旺盛な食欲を保ち、精力的に動けて話せる末期がん患者であることは間違いありません。

打ち合わせを終え、私たち夫婦は駅前に最近できたばかりの寿司屋で昼食をとりました。夫は天ぷら付きの寿司ランチ10貫、いなり寿司だけを残してほかすべて食べました。

12月16日〜17日——映画祭

有志の方々が企画してくれた『叶井俊太郎映画祭』が2日間にわたって開催されました。主役の夫はトークショーのために、両日とも張り切って出掛けました。映画人としてはたいへん光栄なことで、とてもうれしかったようです。いつもの叶井節で、会場は大いに沸いたと聞きました。

知人がイキイキと舞台に立つ夫の

写真を送ってくれました。私も行けばよかったとちょっと後悔しました。

12月18日――「おそらく腹水」

血液検査の値は相変わらず悪くなく、腫瘍マーカーははじめて前回よりよくなっていました。

夫の腹部を見て触診したF先生は、「おそらく腹水ですね」と言いました。「でも腹水は薬もあんまり効かないし、つらくないなら様子見でいいんじゃないでしょうか」

「体重が６kgも増えたんですが、腹水のせいでしょうか」

私が質問すると、

「体重増加は腹水もあるでしょうが、見た感じその大きさでプラス６kgはないですね」

という答えをいただき、私は内心小躍りしました。腹水以外の理由でも体重が増えている、それは希望ではないのか？　と。
夫はただ、腹水でお腹が出るのがイヤな様子でした。

12月23日——はじめての痛み

昼は舞台挨拶、一度帰宅して夕方から散髪。夫が髪を切る美容室は昔からずっと同じところで、自転車で20分ほどの距離です。娘にも同じところで髪を切らせていて、娘も他店では切りません。服を買うときでもなんでも、いったん気にいると夫は多少不便でもずっと同じ店に通います。

夜は夫のリクエストで肉じゃがとマグロの刺身。以前好きだったハンバーグやステーキ、すき焼きなどはもう長いこと食べていません。食べたくならないそうです。

食後しばらくして、腹痛がきました。あまり量は食べていないのに。「なんか、はじめての痛みだ。ぎゅーって刺しこむみたいな」

痛がる夫を見るのはとてもつらく、スイッチを切るようにその場面から逃げたくなることがあります。私自身の心の余裕、そのときの精神状態にもよるのかもしれません。

そして一方で、腹痛に苦しむ夫、その風景に慣れてしまっている自分もいます。私は夫の背中をさすりながら、痛みが、時が早くすぎるよう心のなかで祈りました。

12月24日――クリスマスイブ

クリスマスのケーキって、ふだん美味しい店でもイマイチだったりするから私はちょっと日をズラして食べたい派です。でもイベント好きな夫は「いや、イブに食べる」と主張。

もしかしてこれが夫と過ごす最後のクリスマスになってしまうかも、と不意に気づいて胸が苦しくなりました。慌てて駅前の洋菓子店に買いに走り、小さめなわりに高い、しかも生クリームではなくバタークリームのブッシュ・ド・ノエルを買いました。

べったりした甘さが夫の好みに合ったようで、「うまいうまい」とたくさん食べていました。

12月27日――ここがいい

夕食後、シャワーを終えて座椅子に寝そべった夫が、

「俺、ここで死にたい。ダメ?」

と私に聞きました。か弱い声に、私は動揺しました。

「ダメなわけないでしょ。ずっと私がそばにいるよ」

怠くて調子も悪そうな夫の手を握って答えました。

目を閉じたままの夫の顔に、はじめて死相のようなものが見えた気がしてとても怖くなりました。

12月30日――早めの雑煮

朝から娘の自転車に空気を入れに、駅前の自転車屋へ行く夫。本当にこういうことを面倒がらない人です。

夜は「雑煮が食べたい」と言い出したので、ちょっとフライングで雑煮を作りました。夫は餅を2個食べ、3個目も食べようとしたので止めておきました。

12月31日——2023年を生き延びることができた！

家族で年越しそばを食べ、紅白歌合戦を観ました。普段洋楽しか聞かない夫ですが、紅白は好きで毎年観ています。昔の曲がたくさん流れて、メロディを口ずさんだり楽しそうでした。

例年は、紅白に興味がない娘は自室に下がるんですが、今年は3人で観ました。

「赤と白があるの？　どっちかが勝つの？」

娘があまりにも基本的なことを聞いてきて、「はじめて観るとそんな感じか」と夫と笑いました。

「年内もつかどうか」と外科医のS先生に言われていましたが、もちました。

夫は2023年、年を越すことができました。

COLUMN

娘には夫ゆずりの能天気さがある 泣いているのは私だけ

夫は基本的にずっと明るかったので、がんが発覚したあとも家のなかが暗くなることはありませんでした。

がんになり余命宣告までされてしまうと、その事実に頭をもっていかれてしまう人、その家族は多いと思います。何をしていてもふとしたときに絶望を感じてしまう、悲しみに暮れてしまう。実際、私にもそういうところがないわけではありませんでした。

でも当の夫が明るいので、私たち家族は夫が元気なころとほとんど変わらず暮らすことができました。夫の病いを嘆き、皆で涙するなんてことも一度もありませんでした。娘が夫ゆずりの能天気さ、気楽さをもっていたこともそうした空気に影響していたと思います。

私だけがこっそりと、独りで泣くことはありました。娘が夫似でよかった、何度思ったかしれません。

第4章
穏やかに死に向かう

倉田真由美
@kuratamagohan

2月16日夜、夫が永眠しました。

私の見ている目の前で、最期の息を引きとりました。その後は何度も、何度も何度も「父ちゃん！父ちゃん！」と声をかけましたが戻ってくることはありませんでした。

亡くなる前日まで毎日シャワーを浴びて髪を洗い髭を剃り、普通に話せていました。私にもっともっと大変な思いをさせてもよかったのに、ろくに何もさせないままいってしまいました。

夫は癖の強い人で、合わない人も結構いたかもしれません。でも、私とは合う人だった。まったく喧嘩にならない相性だった。そのおかげで、なんにもストレスなく家族として十数年を過ごせました。

いい思い出しかありません。最高の父ちゃんでした。

19:02 · 2024/02/27 · **1756万**回表示

1736　3265　7.7万　2273

2024年1月1日――初詣

元旦。昨年は「これが夫と最後の元旦か」と覚悟していたので、めでたさもひとしおです。

朝食にあんこときなこで餅を2個食べた夫、

「初詣に行こう！」

と、準備を始めました。毎年必ず行くわけではないですが、今年は私も行けるなら行きたい気持ちがあったので、娘を連れて3人で自転車で家から一番近くの神社に向かいました。

今日は混んでいるだろうな、と覚悟していましたが想像以上の大行列！神社から出て歩道にまで長い行列ができていました。詣でるまで、軽く1時間以上かかりそうです。

「これは、あきらめたほうがいいんじゃない？」

列の最後尾に並んで10分ほど経ったころ、私は言いました。

「寒いし。無理して体調崩したら元も子もないよ」

「そうだな。帰るか」

私たちは列を離れ、途中コンビニに寄って夫が好きなアイスを大人買いして帰宅しました。

夜は伊達巻、かまぼこ、数の子を少しときな粉餅ひとつ。

「腹水で腹が出てるのがきつい。服が着れない！　腹が目立たない服買おうかな」

おしゃれな夫は、おしゃれができなくなることがとても苦痛なようです。

1月2日――NHK

夫には昨年のうちに決まった6日撮影予定のNHKの対談番組があったんですが、

「対談なんて、ちょっともう無理だわ。断っていいかな」

と聞かれました。私は泣けてきて、

「もちろんだよ。無理しないで。いますぐ断ろう」

と夫の背中を撫でました。

身体がきついのもあったでしょうが、腹水でお腹が出てしまっていることも出たくない原因のひとつだったと思います。

年末、クリスマスを過ぎたあたりから夫の腹部はかなり大きく膨らんでしまいました。

1月4日──腹水相談

主治医のF先生に腹水相談に行きました。

「腹水を抜くと体力が落ちるから、薬でしばらく様子を見ましょう」

と、利尿作用のある薬をもらうことになりました。

翌日5日は毎年恒例の映画界関係者が一堂に会する新年会があります。夫も毎年滅多に着ないスーツ姿で参加していますが、

「腹が邪魔してズボンがはけないよ。サスペンダーでもないと無理」

と、試しにスーツのズボンをはいてみて嘆き声を上げました。

「サスペンダー、買ってこようか？」

夫の大好きなお祭りでもある新年会、ぜひ行ってほしくて提案しましたが、

「いや。したくないからいい」

と断られました。

結局翌日夫は新年会に行かず、NHKの対談も、フジテレビの『ザ・ノンフィクション』も断りました。

腹水が溜まるようになってから、また一段、病いの階段を昇ってしまった感があります。

もらった利尿剤は、F先生も言われたようにまったく腹水を減らす助けにはなりませんでした。

1月7日——後悔の涙

早朝にカップ麺を食べた夫が腹痛に悶え苦しんでいるのを見て、「またか」と、かわいそうだけど呆れる気持ちも拭いきれませんでした。

「どうしてそんなものを食べるの？　あとで苦しくなるのはわかってるでしょ」

夫の背中を撫でながら、不憫に思いながらも何度も同じことを繰り返し学習しない夫への苛立ちを抑えられませんでした。「もう二度と食べないで！」強い言葉で言いました。

その後、少し痛みがおさまった夫を置いて、私は仕事のため家を出ました。

電車のなかで、夫に強い言い方をしてしまったことが苦く思い出されました。

——食べたかったから食べたいものを食べただけなのに、痛みに苦しむのは夫が悪いわけじゃないのに、なんで責めるような言い方をしてしまったんだろう。

先日の新年会も本当は行きたかっただろうに、病気のせいで行けなかった。つらいのに、強い言い方をしてごめん――

夫を思って、電車のなかで涙があふれるのを止められませんでした。帰宅後夕食をすませ、肩を揉んであげながらふたりで映画を観ました。私がくよくよ後悔したことも夫はまったく気にしていないようで、後日またデカ盛りのカップ麺を買い込んでいました。

1月8日――自転車で会社へ

「電車に乗るのがきつかったから、自転車で会社に行ったよ。坂、きつかったわ」

当たり前だよ！

うちから会社まで電車で3駅。行きにはかなり長い登り坂もあるのに、この末期がん患者は本当にタフです。

1月9日――はじめて腹水を抜く

張り出したお腹にいよいよ我慢できなくなって、免疫療法を受けたクリニック『東京メディカルテラス』で夫は腹水を抜いてもらうことになりました。

「腹水を抜くと体力が落ちる」とはC病院主治医のF先生をはじめ何人かの医師にいわれており、私は不安でした。でも夫は強く望み、ともかく一度抜いてみることになったのです。

夫は診察室の奥にある施術室のベッドに寝そべり、院長の手で腹部に針を刺されました。

「リラックスしてね」

夫の腹部から出た管から、ベッドの下にあるバケツに腹水がぽたり、ぽたりと溜まっていきます。薄黄色いその液体は濁りもなく、想像していたよりずっときれいでした。

「時間はどのくらいかかりますか」

「1時間くらいですね」

毛布をかけてもらった夫は、ウトウトし始めました。その顔は安らかで、束の間でもゆっくり眠れたらいいなと思いました。

1時間後、「すっきりした」と夫が施術室から出てきました。久しぶりにお腹が小さく楽になったので、爽快なようです。

調子に乗ってお昼にラーメンを食べようか悩んでいたけど、定食屋の焼き魚定食にしてくれたのはちょっとホッとしました。

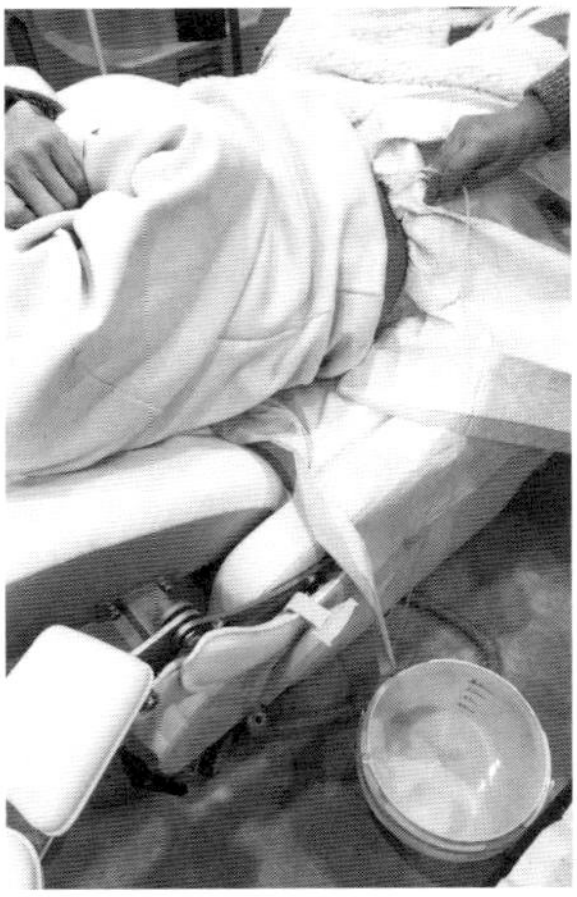

腹水を抜いているときの様子。

1月15日——思い出話

とくに大声ではないけど、夫はこのころ「あー」とか「わー」とか、声を上げることがありました。痛かったり意味があって叫んでいるわけではなく、なんとなく声を出さずにはいられないという感じでした。

夜中、手を揉んであげながら娘が小さいころの思い出話をして、また泣けてしまいました。

1月18日——2回目の水抜き

1回目から約1週間後、今回は3ℓ腹水を抜きます。

初回のときにわかりましたが、腹水は抜くと短い時間楽にはなりますが、すぐにまた溜まってしまいます。前回は、翌日にはほぼ元に戻ったのではないかと思うほどでした。

「短い時間でもいい、楽になりたい」

夫はそう言って、また抜くことになりました。

腹水を抜き終わったあと、夫は一度自宅に戻り昼食として私が焼いたホットケーキを食べました。バターとメープルシロップを「これでもか」というほど使う、私には見るだけで胸焼けしそうになる代物《しろもの》ですが、美味しそうにペロリと1枚食べました。

食後、会社に出社する予定でしたが「怠《だる》くて無理。なんもやる気しない」と、休んで自宅で仕事をすることに。やっぱり腹水を抜くのはいいことばかりではなさそうです。

家事は、夫の担当だったゴミ捨てと洗濯は今年に入ってあまりしなくなりました。皿洗いはまだ時折しています。

1月22日——定期検診

腹水を抜いていることを主治医のF先生に伝えました。

「でも、体力は落ちるしすぐに戻ってしまいますよね」

私はどうしても、腹水を抜くことに両手を上げて賛成する気持ちにはなれません。

「そうですね。悩ましい問題ですね」

「この間は、当日に戻っちゃいましたよ」と夫。「電車に乗っていると、モコモコって腹に違和感があって急にズボンが苦しくなったよ」

だったらもう抜くのはやめたら、と言いましたが、夫はまた抜きに行くつもりのようです。一瞬だけでも楽になりたいのでしょう。

血液検査の結果はまた良好でしたが、腫瘍マーカーだけがいままでで一番高くなっていました。

帰り道、いつものチェーン寿司店へ。

「今日はあんまり食べられない」と、夫は単品で刺身盛り合わせ、大トロ、茶碗蒸し、炙り中トロを注文し、完食しました。まあまあ食べられています。

1月23日——お土産のケーキ

出版社に打ち合わせに行った帰り、夫へのお土産にケーキを買って帰りました。

昼にモンブラン、おやつにシュークリーム、夜に夕食のあんかけパリパリ麺を食べたあと、サバラン。夜中にチョコケーキも食べ、24時間で4個もケーキを食べたのには驚きました。身体が、がんが甘いものを求めているのでしょうか。

右足が浮腫んで大きくなっているので、いっぱい揉んであげました。

1月25日――3回目、水抜き

東京メディカルテラスへ、腹水を抜きに行きました。3回目です。

「叶井さんの腹水を調べたら、がん細胞がまったくありませんでした」

がん細胞が混じった濁りのある腹水の人が多いのに、夫の腹水はとてもきれいだと院長に言われました。それを聞いてますます私は、腹水は抜かずにこのままのほうがいいように思いました。腹水には、免疫などいいものもたくさん入っています。「腹水は天然の点滴。水分が摂れなくなったとき、身体は腹水から水分を摂る」と言っていた医師もいました。

でも夫は迷わず抜いてもらうことを選びました。

今回は3ℓ抜くということで、私は外の喫茶店で1時間半ほど時間を潰し終わるのを待ちました。クリニックに戻り施術室に入ると、夫はぐっすり眠っていました。ベッドの下のバケツには、黄色い液体がたっぷり溜まっています。これだけの水分を、今の夫が口から摂取するのは至難の業です。気持ちよさそうな寝顔なので起こすのが躊躇《ため》われましたが、そうもいかないのでそっと夫に声をかけました。お腹に触れると、いつもはパンパンに硬く張っているのが柔らかくなっています。

――このまま水が溜まらないといいのにな。

クリニック近くの蕎麦屋で、天ぷら蕎麦を食べて帰宅しました。

1月27日――腹水が漏れた！

「ママ来てー！」

朝、夫の声に起こされてリビングの座椅子で寝ている夫のもとに行くと、

「腹から水が漏れてる！」

焦った声で訴える夫の、服の腹部あたりがびっしょり濡れています。

慌てて服をめくりお腹を確認すると、昨日腹水を抜いた注射の痕からじわーっと水滴が滲むのを確認しました。

すぐにクリニックの院長に電話をしました。携帯の番号を伺っていたので、朝でしたがすぐに連絡を取ることができました。

「とりあえずガーゼで止めて、様子を見てください」

指示通り、漏れている箇所にガーゼを当てて、テープで留めました。でもすぐにぐっしょり濡れてしまいます。少しずつですがずっと漏れているので、途中でガーゼではなくタオルをあてることにしました。

院長とやり取りし、明日まで漏れ続けるようならクリニックに行って診てもらうことになりました。

1月28日――やっと止まった！

夜中何度もタオルを替えなくてはならないほど、腹水は漏れ続けました。毎回タオルはぐっしょり、絞れるほど濡れています。これはもうクリニックに行くしかない、と準備していたら昼前ごろようやく止まりました。24時間以上漏れていたことになります。

院長にようやく止まったことを連絡すると、様子を見たいから来てほしいと指示されました。夫のお腹はかなり柔らかく小さくなっていますが、ダメージは大きかったようで夫はかなり怠くてきつそうです。服を着替えるのも私が手伝わないといけないほどでした。実際どれだけ漏れたのか、見当もつきません。

C病院で処方された栄養ドリンクを飲みヨーグルトを食べたあと、私たちはタクシーでクリニックへ行きました。

「脱水気味だから点滴をしましょう」

と、点滴を打ってもらいました。夫はぐったりしていましたが、点滴が終わるころには少しだけ元気になってきました。

食欲も戻った夫にねだられ、ドーナツやケーキを買って帰宅。おやつに食べたあと、夫は部屋の掃除をはじめました。数時間前の着替えもひとりでできなかった夫とは別人のようです。

夜、足のむくみが少しとれていることに気づきました。腹水がごっそり抜けたせいかもしれません。

1月30日——夜中の襲来

深夜3時ごろ、夫が寝ている私を起こしにきました。そんなことはは

じめてで、「何事か!?」と飛び起きたら、

「お腹空いた。なんか、肉とか食べたい」

体調の悪化など悪い報告ではなかったので、ホッと胸を撫で下ろしました。

夕飯に食べられなかったステーキを焼いてあげました。夫はさらに、卵かけごはんと納豆を2パック食べました。よほどお腹が空いていたのでしょうか。

勝手にカップ麺など食べられるより、こうしてちゃんとたんぱく質を摂ってくれるほうがずっといいです。

夫が食べるのを見ていたら私もお腹が空いてきて、余った肉とごはんを少し食べました。

ただこの日の体調はよくなく、夫は茶色っぽい胃液のようなものを吐きました。

2月2日——吐き気

お昼にお汁粉を半分食べた夫、その後、何度も吐きました。

吐いたといっても、食べたものを出すというのではなく、1月末に吐いたものと同じような茶色っぽい液体です。ケポッと吐き気がくる度に夫はティッシュにそれを吐き出しました。あっという間にゴミ箱はティッシュの山になりました。

夕方5時ごろ私だけ早めの夕食をとろうとしたら、夫が私を呼びました。

「座椅子と服汚した……」

見ると少し汚れています。夫の服を着替えさせ、座椅子を拭き汚れたものを洗いました。こういうことは、あまり苦になりません。淡々と作業のようにこなせるためかもしれません。

「ごめんよ」

リビングに戻ると夫が小さく言いました。

不憫で愛しくて、「全然気にしなくていいんだよ」と抱きしめました。

夕食後ウトウトした夫は歯ぎしりをしていました。最近になってはじまった、新しい癖です。

2月3日——何度も何度も吐く

朝から頻繁に、あの茶色っぽい液体を吐いています。あまり食欲はないようです。

「そんなに吐いたら、苦しいね」

「いや、そうでもない。気持ち悪いわけじゃなくて、なんだかせり上がってくるのを吐き出してるだけだから」

数分おきではないかというほど頻繁なのに、心配したほどつらくはないようです。

夜になっても嘔吐は止まらず、夕食はお粥をふた口とヨーグルトジュースだけ。

私は何度も拭き掃除と洗濯をし、ゴミ袋は10回以上替えました。

深夜になって、ようやく吐き気はおさまりました。

2月4日――やっと食べられる

吐き気が治ったので、朝食にホットサンド、ヨーグルトジュース、いちご、みかんを食べました。

2月5日――雪の日、余命宣告

午前中、定期検診に行きました。

「腫瘍は相当大きくなっていますし、肝臓転移もかなりはっきりしました。この1か月で急に状態は悪化しています」

F先生は私たちに説明しました。

「血液検査の結果、悪い炎症も起きているようです。腫瘍マーカーは2週間前の2倍になりました」

黙って話を聞いていた夫は尋ねました。

「余命ってどれくらいですか」

F先生は静かに、

「2月いっぱいくらいかと思います」

と告げました。

それを聞き夫は、「よかった、やっと終われる」と笑顔を浮かべました。

私だけが泣いています。

診察室を出て夫と廊下を歩きながら窓の外を見ると、雪がざんざん降っています。

「今日だって自転車でここまで来てるんだよ。こんな寒い、雪の日に。そんな人が、今月いっぱいだなんて、そんなわけないじゃん。そんなにすぐ死なないよ」

私は泣きながら言いました。

夫はそれには答えませんでした。

お昼にはパンを買って帰ると言っていましたが、病院の食堂のウインドウを見て、

「やっぱりここで食べる」

と、夫はかき揚げ蕎麦を注文しました。でも、半分くらいしか食べられませんでした。

食堂を出たあとすぐに苦しくなってきて、

「かき揚げ蕎麦なんて食べさせないでくれよー」

夫が言ったので、「私のせいなの？」と笑い合いました。

薬局で痛み止めなどを受け取ったあと、「雪がすごいしタクシーで帰ろう」という私を制し、「自転車置いて行っちゃうと不便だから」と雪のなか自転車を漕いで自宅に戻りました。

向かい風で、痛いほど顔に雪が吹きつけます。健常者の私でも息が苦しいです。道には雪が積もり、とても漕ぎにくいので途中休みたかったのですが、夫はペダルを漕ぐ脚を休めませんでした。私は自転車を漕ぐ夫の後ろ姿を見ながら、さっき薬局で薬を待つ間ぐったりしていた夫の姿を思い浮かべ、どこにこんなエネルギーがあるのか不思議でたまりませんでした。

帰宅すると、夫はさすがに疲れたようで、しかもまた何度も繰り返す吐き気がはじまってしまいました。痛みもあるので、はじめて痛み止めの坐薬を入れました。

夫は怠そうに寝たり起きたりしながら過ごしました。今日の行程は相当夫の身体に負荷を与えたはずです。ようやく吐き気がおさまってきたのは23時ごろでした。

「ガリガリくんが食べたい」

と言うので、私がコンビニに買いに行きました。雪はまだ降っていて、結構な深さに積もっています。

ガリガリくんソーダ味とキウイ味を何本か買って帰り、夫はソーダ味を食べました。

具合がよくなったようで、夜中の2時にシャワーを浴びていました。

2月6日――初の訪問医

朝からとても体調の悪い夫。発熱していたのが短い時間で急に下がったり、風邪とは明らかにちがう症状です。

F先生に紹介された訪問医のK先生が、はじめて自宅に来ました。夫は座椅子にもたれかかったまま、先生が挨拶をしても曖昧な様子です。

血圧がとても低く、酸素飽和度も92と低めでした。痛み止めなど、薬の処方や説明をしてもらいましたが、夫はあまり聞いていない、聞けていない感じでした。

介護ベッドも入りました。夫は朦朧としていて、「雨のときどうするの？ベッド濡れちゃうよ」など意味のわからないことを言い、うまく会話ができません。

23時ごろ、夫に生気が戻って来ました。パソコンでメールを出したり、仕事もしています。

「いやー、昼はなんだか夢見てたみたいだったわ」

「訪問医の先生来たよ。覚えてる？」

「いや、覚えてない」

普通に会話もできました。よかった！

2月7日——新しい薬

朝、いちごを食べて坐薬と飲み薬。

昼ごろ、昨夜は入れなかったシャワーを浴び「さっぱりした」と出てきました。夫は余程のことがない限り、毎日必ずシャワーを浴びます。

「寒いんだし、入らない日があってもいいんじゃない」

私が言うと、「髪洗いたいし、髭剃りたいんだよ」と元気なころと同じ答えが返ってきました。

昼食に納豆1パック、湯豆腐をひと切れ食べ、先日訪問医に処方してもらった薬を飲みました。

「新しい薬、治る?」

夫は私に聞いてきました。

「もう治んないでほしいの。早く死にたい」

呟くように言う夫に、私はすぐには返す言葉が見つかりませんでした。いままでも何度か口にしていた「早く死にたい」という言葉が一層重く、「そんなこと言わないで」と否定したり、軽く受け流したりすることはできませんでした。夫が思うに任せない、日々弱る自分の身体をもどかしく感じているのは痛いほど伝わっています。

「治したりする薬じゃないから……痛みをとってくれるだけだよ」

かろうじてこれだけ言いました。

夕方、東京メディカルテラスに腹水を抜きに行きました。

「ここに来るのも、これが最後かな」

「どうして?」

「もう、外出するのきついから。次は訪問医の先生に抜いてもらう」

ここの院長は最初の免疫療法でお会いしたときから夫と波長が合うタイプで、私は夫と院長が軽口を叩きあっているのを見るのが好きでした。これで最後になるのか、と思うと寂しい気がします。院長は、今回C病院で「2月いっぱい」と余命宣告を受けたことを話すと、「そんなのわからんよ」と少し憤慨していました。

クリニックを出る際、院長と挨拶をしました。こちらの寂しく思う気持ちが通じているようで、院長も寂しそうに見えました。

2月8日――訪問看護士

昼ごろ来たK先生の問診を受けながら、夫はウトウトしていました。人がいるとベラベラ話す人なのに、薬の影響もあるのでしょうか。

しばらくして訪問看護師の方が2名、来ました。洗面器に湯を張り、パンパンにむくんでいる足を温めながらマッサージしてくれたり、坐薬の入れ方や「今後必要になるだろう」とオムツの説明をしてくれました。自立歩行、排泄も自分でできているいまは必要ありませんが。

マッサージを受けながら、夫はまたウトウトしていました。

――気持ちいいといいな。

洗面器でタオルを洗ったり絞ったりする音だけが、部屋に響きました。

2月9日――自転車

朝から調子よさげな夫に「本屋行きたいから付き合って」と誘われ、一緒に行くことにしました。

ところが、さあ行こうと自転車にまたがった夫が、ガシャーンと音を立てて自転車ごと転んでしまいました。

夫はびっくりした顔で私を見上げました。

「足が上がらない」

私は夫に近寄り、夫を支えながら立たせました。ズボンをめくると、脛《すね》に少し血が滲んでいます。

「もう自転車乗れないな」

夫は自転車を戻し、チェーンをかけながら言いました。

「そんな、今日だけかもしれないよ。まだあきらめなくても……」

「いや。もう怖い」

夫は部屋に戻って行きました。本屋に行くこともあきらめたようです。それにしてもたった4日前にはC病院まで雪の降りしきるなか自転車を漕げたのに、もう乗れなくなるなんて。2月に入り、加速度をつけて夫の状態は悪化しています。

夕方、夫の妹が来てくれました。私が仕事で外出しなくてはならないので、その間夫の世話をしてもらうためです。

夫は最初、少し難色を示していました。身内とはいえ、普段それほど付き合いがあるわけではないし、いまさら私以外の人に世話を任せることに抵抗があったのかもしれません。

でも、やっぱり兄妹です。すぐにふたりの呼吸は合ってきました。私からひと通り必要なものの置き場所などを聞いたあと、彼女はむくんだ夫の足を揉みはじめました。気持ちよさそうな夫を見て、来てもらってよかったと胸を撫で下ろしました。

2月10日——ウトウト

昨夜からずっとしゃっくりが出ていた夫、朝には止まっていたけど身体が熱く、微熱がありました。昼ごろには下がりましたが、また何度も吐いています。

イチゴを少し食べて、ウトウト。プリンを食べかけて、ウトウト。トイレで座ってウトウト。

なんだかずっとウトウトしている1日でした。

夜中3時ごろ、「ママー」と呼ばれて行くと、「ちょっと苦しい」と言うので痛み止めを飲ませ、坐薬を入れました。

2月11日――お母さん

昼ごろ発熱しましたが、すぐに下がりました。でもそのあと、やはりすぐにウトウトし、やや朦朧としています。

夫の母が、夫の妹と一緒に来ました。会うのは久しぶりだそうです。ふたりで、夫のむくんだ足を揉んであげていました。

夜は「ナチョスが食べたい」というので、近くのメキシコ料理店でテイクアウトしました。

2月12日――本屋へ

久しぶりにウインナーと目玉焼きが食べたいと夫が言いました。もともと好物ではありますが、ここ最近は食べられなかったものです。「シャウエッセンがいい」というのでスーパーをハシゴして買ってきました。

2本食べるつもりだったようですが1本しか食べられず、目玉焼きは黄身だけ、白身は半分以上残しました。でも食べられただけでもよかった！

「本屋に行きたい」というので、自転車ではなく歩いて行くことにしました。久しぶりに外に出る気になってくれてとてもうれしい！

夫は私の手を握り、私を杖代わりにしてゆっくり歩きました。

傍から見たら、仲のいい夫婦がただ寄り添って歩いているだけに見えたと思います。実際は夫は私に体重を預け、私はそれをしっかり支えるように歩く「歩行介助」です。

駅前の本屋まで、途中一度休みを入れ、20分くらいかけて歩きました。

「やった、着いた！」

大好きな本屋に久しぶりに来られて、夫はうれしそうに本を渉猟しました。

「あんまり欲しいのないな」と、好みの事件もののノンフィクションを1冊だけ買いました。待っている漫画の続きはまだ出ていないようです。

帰りはタクシーで戻りました。うちの前の道路は狭いので少し手前で降りて、ショートカットのため公園のなかを横切りました。私はサッカーをしている少年のボールに目を光らせます。

心配していた通り、ボールが夫の足目掛けて飛んできました。私は夫に当たる前に、素早く蹴り返しました。たいした威力はありませんでしたが、もし当たったらいまの夫は結構なダメージを受けてしまいます。

帰宅後、パソコンを広げ夫は仕事をはじめました。やっぱり歩くのは身体によさそうです。

2月13日——一緒に映画

朝、わりと暖かいし暖房もしっかり入れているのにとても寒がる夫。さらに暖房を強くし、布団をかけてしばらくするとおさまりました。

いちごを出すと、「練乳かけたい。買ってきて」と。すぐに近くのスーパーに買いに行き、夫は練乳をかけたいちごを食べました。

何年も前、子どもが小さいころ、このくらいの時期に家族で時折いちご狩りに出かけたものです。その際、夫はこの練乳いちごをこれでもかと食べていたのを思い出します。

CMで宣伝している映画『ボーはおそれている』が面白そうだねと夫婦で話していたら、夫が知り合いに「DVD送って」と頼んだらしく、すぐに届きました。夫の事情を知っている方なんだと思いますが、ありがたいことです。

夕食後、ふたり並んで観ました。途中まで観て疲れてきたようなので、「続きは明日にしよう」と寝ることにしました。

2月14日――自宅で腹水を抜く

訪問医のK先生に腹水を抜いてもらいました。

夫が最近弱っているので私は怖くて、「あんまり抜かないほうがいいかも」と伝えると、「では2ℓにしましょう」と、大きな注射器で抜きました。クリニックでは点滴のようにゆっくり抜いているのですが、短い時間であっという間に終わりました。

お腹の水が減って一時的に楽になった夫に何を食べたいか聞くと、「マックのチーズバーガーとポテトとナゲット」と答えました。またそんなジャンクなものを……と苦笑いしながら、買いに行きました。でもこういうものを食べるのは、かなり久しぶりになります。

夫はチーズバーガー半分、ナゲット1個、ポテトを4本食べました。でもあとで下痢になったので、刺激が強過ぎたのかもしれません。

2月15日——急変

「タルタルソース入りのファミチキ食べたい」

「何それ?」

「最近、新作で出たんだよ。買ってきて」

というわけで、ファミリーマートに行きました。でも出たばかりで人気なのか、売り切れ。普通のファミチキを買って帰りました。

「売り切れだったよ」

「えー、食べたかったのに」

「仕方ないじゃん、またいつでも買いに行くよ」

夫は不満げながらも手渡したファミチキにかじりつきました。半分くらいしか食べられなかったので、残りは私が食べました。

「へー、はじめて食べたけど、美味しいね」

「だろ?」

夫は昔からよく食べていたので、ちょっと得意そうでした。その後、もっと度の高い老眼鏡といつも読んでいる週刊誌2冊をリクエストされ、また買いものに出ました。100円ショップで一番高度数の老眼鏡を3つ、コンビニで雑誌を買いました。

私が持ち帰った雑誌を読み、いちごやガリガリくんを食べた夫は、「散歩したい」と言い出しました。夫が動いてくれる、歩いてくれるのはとてもうれしいので、「うん、行こう」と上着などを着込んで一緒に外に出ました。

天気は悪くなく、そこまで寒くはありません。夫はまた私の手をつかみ、私を杖代わりにして歩き始めました。

「やっぱ無理だわ」

ほんの数メートル先のゴミ捨て場まで歩いて、足を止めました。

「そっか。じゃあ、帰ろう」

私たちは引き返し、家に入りました。

「ごめんな」

「え、謝らなくていいよ。仕方ないよ、でも外の空気吸えてよかったね。気持ちよかったよね」

「うん」

ほんの少しでも、夫が外出できたことは望外の喜びでした。

夕食にいつものマグロとイカの刺身を出しましたが、マグロはひと切れ、イカも少ししか食べられませんでした。しかもそのあと何度も吐いてしまい、調子はよくなさそうです。

窓を開けてタバコを吸っていた夫が、「わああ」と声を上げました。作業をしていた私が何事か？　と見に行くと、ニヤリと笑う夫の顔。久しぶりの、本当に久しぶりの夫の冗談でした。

夫が風呂に入ったあと、身体を拭いているのを別のバスタオルを出して手伝いました。普段はしないのですが、なぜかこのときはそうしました。

「タオルがもったいないからいいよ」と夫に言われました。痩せている身体を見られるのがイヤだったのかもしれません。身体を拭き終わってから着替えを手伝ってリビングに戻りました。

その後もずっと吐き気が続いていましたが、23時近くになって「先生呼んで」と夫が言いました。

「え？　でも、いま来てもらってもしてもらえることないんじゃない」

私は躊躇いました。深夜だし、吐き気が続くいまのような状態はこれまでも何度かありましたが、しばらくするとおさまります。発熱もありません。

「いや、呼んで」

夫は再び言いました。そんなに具合が悪いの？　私は急に不安になり、訪問医K先生の携帯を鳴らしました。

「夜分にすみません。夫が、先生に来てほしいと言っていて……」

状況を説明すると、「すぐに向かいます」と言ってくれました。

K先生を待つ間も、夫は何度もティッシュに吐いていました。座椅子に座ったまま倒れ込んだので、「どうしたい？」と聞くと、「ここで吐きたい」と夫は言いました。そしてそのまま、茶色っぽい液体を吐きました。

30分ほどでK先生が来ました。夫は座椅子に座って「痛いのだけはやめて」と言いました。

血圧を計ったK先生が深刻な様子で、「血圧が測れないほど低いです。上が50とか、そのくらいしかない」と言いました。

え？　そんなに悪くなってるの？

血の気が引きました。

K先生は夫に注射を打ち、「普通はこんな血圧だと昏睡状態に陥ります。座って、話せているなんてすごい」と言いました。

「僕がいるうちに、ベッドに寝かせましょう」

先生と私で、夫を座椅子から介護ベッドに移しました。

夫はもう、話せる状態ではなくなっていました。

「あと数時間だと思います。夜明けまで保たないでしょう」

信じられないような言葉に、私は泣きながら「もう戻らないんですか」と何度も聞きました。先生は「うん、難しいと思います」と答えました。

「何かあったらまた連絡してください。救急車を呼ぶと、病院に連れて行かれてしまうので」

夜中の０時を過ぎて、K先生は帰って行きました。

夫の呼吸は荒く、苦しそうです。

――夜明けまで保たないって。

信じられませんでした。だって、数時間前にはシャワーを浴び髪を洗い髭を剃り、冗談まで言っていたのに。

そんなわけない、きっとまた戻ってくる。

いままでも何度か余命宣告をされていますが、すべて覆してきました。今回だってきっとそうなる。

介護ベッドに横たわる夫、その横のいつも夫が寝ている座椅子で私は休むことにしました。でも、まったく眠くはなりません。

聞いたことがないような夫の苦しそうな寝息を聞きながら、毛布をかけてじっと丸まっていました。

変化があったのは朝の4時ごろ。荒かった呼吸音が、静かに、穏やかになってきました。

夫の顔も、先ほどまでの苦しげな様子はなく、いつもの寝顔に戻っています。

――夫が戻ってきた！

うれしくてうれしくて、夫の顔をしばらく眺めていました。

外が明るくなってきて、窓から陽が差しました。「夜明けまで保たない」という余命宣告は、無事に跳ね除けることができました。

2月16日――最期の日

朝7時過ぎ、結局まんじりともできなかった私に、夫がベッドから声をかけました。

「俺、昨日やばかったよね」

目が覚めたんだ！　意識もある！

「うん、やばかったよ」

私は涙で答えました。

夫はきっと相当喉が渇いているはずです。私はコップに水を入れ、夫の口元にもっていきました。でも夫は口を湿らせる程度しか飲めませんでした。

その後、夫はまた朦朧とした様子で寝てしまいました。いや、実際には寝たのか昏睡状態に陥ったのかわかりません。

11時ごろ、訪問看護師さんが来てくれました。血圧は上が60くらい、深夜に計ったときよりはマシですがとても低いです。看護師さんには、今後寝たきりになったときの世話の仕方などを指導していただきました。

彼女が帰り際、

「叶井さん、また来るからね！」

と声をかけると、夫は片手を振って応答しました。ちゃんと聞こえて意識もあるようです。

部屋でふたりきりになり、私は夫の手を握りました。夫は、握り返してきました。何か意味があるのか、ただの反射なのかわかりませんが、私は涙が止まりませんでした。

その後も夫は意思疎通できないけど、じっと寝込んではいませんでした。意識がないはずなのに、やたら身体を動かします。とうとう、私が目を離した隙に介護ベッドから降りてしまいました。目を閉じたまま床に座り込んでいます。

夫は大きいし、私だけではベッドに戻すことはできません。夫の周りにクッションを並べ、夫が倒れ込んでもいいようにしました。

後ろに倒れたとき、うまく頭をキャッチすることができました。そのまま頭を膝に乗せ、夫の頭を撫でました。

たまらなく愛しい、そう思いました。

夜、義理の妹が来てくれて、ふたりがかりで夫をベッドに戻しました。

そのすぐあとです。

夫の顔を見ると、息を吐いたあと、次の息がない。

私は焦って、

「父ちゃん、息して！」

と叫びました。

でも、夫は戻ってきませんでした。

まだ身体は温かいのに、その後何度「父ちゃん！」と呼びかけても、
夫は二度と戻ってきませんでした。

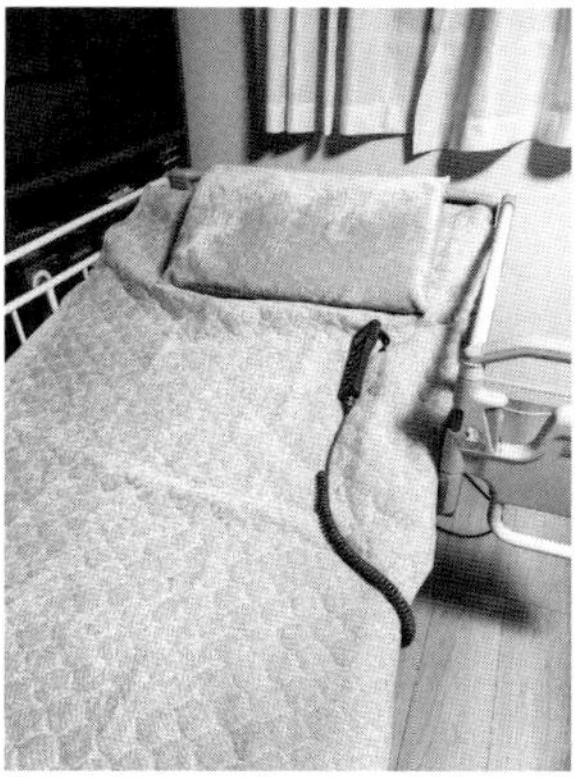

夫が息を引き取った介護ベッド。

おわりに

夫が息を引き取ってすぐ、別室にいた娘を呼び、家族だけで夫を囲んで偲ぶ時間がとれました。家での看取りは大変なこともありますが、家でないとできないこともたくさんあります。家だからずっとそばにいられた、最期の息まで私の目で確認できた、これは一生忘れない私だけの大切な記憶です。

夫を最期まで、家で看取れてよかった。

私は心からそう思います。

でも、とても重いものを背負うことにもなります。

だから、誰でも家で看取るのがいいとは思わないし、言えません。

ただ、私はよかった、心からそう思っています。

夫がいなくなってからのことは、あんまり記憶がはっきりしません。

葬式も、なんだか夢のなかの出来事のようで、靄がかかった風景しか見えません。

日記もつけなくなりました。

ひたすら夫の写真や動画、電話の録音を毎日聞いたり眺めたりしていました。

いまもしています。

夫は図らずも、私にたくさんのことを教えてくれました。

「自分にとっての最善は何なのか？」

自分の身体に起こることの責任は自分にしかとれません。夫はその時々、自分にとっての最善を自分で選びました。そして、最期まで一度も後悔することがありませんでした。

本書が、誰かの人生の参考、誰かの気持ちの支えのひとつになれたら幸いです。

倉田真由美
1971年福岡生まれ。一橋大学商学部卒。「ヤングマガジン」ギャグ大賞で漫画家デビュー、代表作は「だめんず・うぉ～か～」。近著に「凶母（まがはは）～小金井首なし殺人事件16年目の真相」「お尻ふきます!!」「非国民と呼ばれても コロナ騒動の正体」「生きる」。

制作　株式会社伊勢出版
装丁・本文デザイン　若狭陽一
校正　及川博之　小林寛明
編集　伊勢新九朗　島田恵理

スペシャルサンクス　森永卓郎（帯文）

抗がん剤を使わなかった夫
～すい臓がんと歩んだ最期の日記～

2025年2月16日　第1刷発行
2025年4月16日　第3刷発行

著者　倉田真由美
発行人　伊勢新九朗
発行所　古書みつけ
〒111-0052
東京都台東区柳橋1-6-10　1階
電話（03）5846-9193
https://kosho-mitsuke.com/

発売元　日販アイ・ピー・エス株式会社
〒113-0034
東京都文京区湯島1-3-4
電話（03）5802-1859　FAX（03）5802-1891

印刷・製本　三共グラフィック株式会社

ISBN978-4-9912997-3-5　C0095
内容についてのお問い合わせ　isepub@ise-book.biz